少年照护者

[日] 每日新闻特别报道部采访组　著

阿夫　译

中信出版集团 | 北京

图书在版编目（CIP）数据

少年照护者 / 日本每日新闻特别报道部采访组著；阿夫译. -- 北京：中信出版社，2024.1
ISBN 978-7-5217-6125-2

Ⅰ.①少… Ⅱ.①日… ②阿… Ⅲ.①新闻报道－作品集－日本－现代 Ⅳ.① I313.55

中国国家版本馆 CIP 数据核字 (2023) 第 213771 号

YOUNG CARER KAIGO SURU KODOMO-TACHI
by THE MAINICHI NEWSPAPERS
Copyright © 2021 THE MAINICHI NEWSPAPERS
Original Japanese edition published by Mainichi Shimbun Publishing Inc.
All rights reserved
Chinese (in simplified character only) translation copyright © 2024 by CITIC Press Corporation
Chinese (in simplified character only) translation rights arranged with Mainichi Shimbun Publishing Inc. through BARDON CHINESE CREATIVE AGENCY LIMITED, HONG KONG.

本书仅限中国大陆地区发行销售

少年照护者
著者：[日] 每日新闻特别报道部采访组
译者：阿夫
出版发行：中信出版集团股份有限公司
（北京市朝阳区东三环北路 27 号嘉铭中心　邮编 100020）
承印者：嘉业印刷（天津）有限公司

开本：880mm×1230mm 1/32　印张：9.25　字数：182 千字
版次：2024 年 1 月第 1 版　印次：2024 年 1 月第 1 次印刷
京权图字：01-2023-5322
书号：ISBN 978-7-5217-6125-2
定价：59.80 元

版权所有·侵权必究
如有印刷、装订问题，本公司负责调换。
服务热线：400-600-8099
投稿邮箱：author@citicpub.com

少年照护者 目录

ヤングケアラー　介護する子どもたち

第三章 实施全国调查？ ——没有杀死母亲的少女 —— 119

第四章 "我是少年照护者？" —— 155

第五章 一班一人 —— 169

第六章 全国调查结果 ——告别过去，展望未来 —— 198

第六章 正式启动援助 —— 213

后 记 —— 243

257

284

目录

少年照护者　ヤングケアラー―幼き介護

前　言 —— 001
祖母的高烧　消失的初恋 —— 007

第一章　透明的存在 —— 023
初中一年级的深夜，漫无目的的游荡 —— 059

第二章　孤立无援的孩子『让人心疼』 —— 073
我，哥哥和妹妹 —— 106

前言

他站在火车站检票口旁的一家面包店前。

2020年2月，东京，晴朗冬日的午后刮着大风。他身穿蓝色套头衫和牛仔裤，看上去像一名随处可见的大学生。谁也不会想到，看起来普普通通的他，从上小学的时候就开始照护自己的祖母了。火车站前，来来往往的行人在冷风中缩着脖子，步履匆匆。没有一个人的目光在他的身上停留一秒钟。

当天的早报上，充斥着对停泊在横滨港的钻石公主号游轮的报道。新冠病毒在日本首次大规模暴发。即便如此，街上戴口罩的人依然寥寥无几。还要再过一段时间，人们才能痛切地感受到新冠病毒的凶猛。

通过一个多月的邮件往来，他终于同意接受采访。他把采访地点选在了位于东京都中心的市谷。在邮件中，他的遣词造句极为礼貌。甚至，在最后约定见面的邮件中，附上了见面的咖啡店的照片。可见，他是一个性格非常严谨的年轻人。

每日新闻社特别报道部的向畑泰司上网查看了一下咖啡店的店

内环境后，约他下午两点在火车站前见面。见面后，两人先做了自我介绍。随后，向畑抱歉地说：

"真冷啊，这么大风。你没等很久吧？"

他对等待没有表现出一丝不快，反倒关心地询问向畑这个地方是不是很难找。果然，人如其文啊！真是个认真又有礼貌的孩子，向畑心想。

为了缓解年轻人接受采访前的紧张，在步行去咖啡店的路上，向畑随意地问了问他的近况。他说，马上就要大学毕业了，最近特别忙。整天忙着写论文、做兼职，还要定期去探望三年前住进养老院的祖母。

"毕业后的工作定下来了，在一家超市。现在，就剩下写论文了。"他边走边说，脸上浮现出一丝轻松的神情。"那太好了。恭喜恭喜！"向畑向他祝贺道。

其实，向畑也很紧张。他今天要采访的对象是一名从小就扛下了照护家人重任的年轻人。为了今天的采访，向畑特意事先咨询了研究少年照护者的专家和援助团体的专业人士。他们告诉向畑："大多数少年照护者很难在心里梳理清楚照护家人的体验。"并建议向畑"在交谈时，一定要顾及他们的感受"。

虽然向畑有着丰富的采访经验，但这次他必须比以往任何一次采访都要更为细心和周到。寒风中，天气变得越发阴沉。街上的嘈杂搅乱了向畑的思绪，他感到从心底涌起了一股烦闷的情绪。

前言 003

　　向畑刚听说这个年轻人的经历时，曾半信半疑地想：如果只是帮帮忙、搭把手的话，似乎还能理解。可是，一个孩子从上小学开始，连续10年照护自己的祖母，这可能吗？简直难以置信！

　　不过，话说回来，像今天这样，能和所谓的少年照护者面对面直接交谈，这个机会也实属千载难逢。

　　"我是记者，所以呢，可能会问一些你不愿意回答的问题。有些问题呢，也可能会触及你不愿回想的过去。遇到这样的问题，你不回答也完全没有关系。"两人走进咖啡店后，向畑对年轻人说。

　　年轻人在向畑对面坐下，笑着说："您尽管问吧。只要是我能回答的，我都会回答的。"

他说："都是我联系奶奶的护工和护理负责人，我负责和他们之间的所有沟通。"

这次采访持续了两个小时。

他自从上小学六年级开始照护祖母，每天准备早饭和晚饭。

不仅如此，他还要联系祖母的护工和护理负责人，负责和他们之间的所有沟通。

祖母随时会给他打电话。他总是躲在学校的厕所里安抚祖母。

放学后，他一刻也不敢耽误，直接赶到祖母家，和祖母一起唱歌、聊天。

祖母因病情恶化，痴呆的症状越来越严重，动辄对他恶语相向。

他受不了的时候，就往墙上砸东西。不过，他从来没有朝祖母扔过一件东西。

他帮祖母清洗下体时，祖母号啕大哭。

他从小学六年级到大学一年级一直在照护祖母，这件事情几乎没有人注意到。然而，当他谈到"不为人知"的孤独时，脸上并没有表现出一丝一毫的难过，反而像谈论一件理所应当的事情一样神情自若。在交谈中，他还时不时地开几句玩笑。那种超然的态度，让他看上去比同龄人成熟很多。在他的叙述中，无以计数的具体细节真实详尽、令人震撼。他讲述的是一个不折不扣的少年照护者的故事。

"这么多年，你一直不得不照护你的奶奶。你后悔吗？"向畑问。

"虽然照护奶奶的时候，有过很多不愉快的经历，但是，比起那些不快，我学到了更多东西。"他回答说。

当他对向畑提及这是他第一次接受采访时，向畑问："你为什么接受了我的采访呢？"

他回答说："我想让别人知道像我这样的孩子的存在。虽然，我不清楚与我经历相似的孩子们具体需要怎样的帮助，但是，我想他们应该和我一样，希望能够得到大多数人的理解。我接受采访也许能帮到其他正在痛苦中挣扎的少年照护者。"

向畑和年轻人走出咖啡店的时候，大风已经停止了呼啸。年轻人向向畑礼貌地道别后，转身离去。向畑目送着他走向火车站的检票口。

"一定能写出一篇精彩的报道！"向畑不禁在心中暗想。作为记者，每次成功完成采访之后，他的心里都充溢着无尽的欢喜。不过，这次与以往略微不同的是，在他内心的欢喜中掺杂着些许不安与焦躁。

向畑知道，年轻人所诉说的，其实是他不愿与人言说的苦痛。然而，他却强装镇静，若无其事地讲了出来。这得需要多大的勇气！向畑不能确定自己是否可以写出一篇能够回应这份勇气的报道。他不禁自问：我有足够的能力吗？我的报道会不会扰乱这些孩子的内心和生活？我的报道会不会让他们陷入更为不幸的境遇？

况且，就算自己撰写的报道在社会上引起了热议，也不能算是什么特讯吧。更何况，公众对"少年照护者"这个词几乎闻所未闻。甚至，大多数公众对何谓少年照护者一无所知。

然而，在日本，肯定有很多孩子与这位年轻人的家庭环境相似，小小年纪就肩负起了照顾家人的重担。少子、高龄化与核心家庭[1]的日益增多，势必导致大量的少年照护者出现。这样的时代即将到来。不，也许我们已经生活在了这样的一个时代。这是一个急需报道的事件。而且，一定有大量的素材值得调查与挖掘。

冬日的阳光早早地开始西斜，年轻人的身影消失在了暮色笼罩的街头。夕阳下，一切重新恢复了平静。

出于一些特殊原因，在本书中，我们不能使用他的真名。

那么，我们就暂且称他为谷村纯一吧。

---

[1] 核心家庭，指由一对夫妇及其未成年或未婚的子女（无论有无血缘关系）组成的家庭。通常称"小家庭"。——译注（本书脚注如无特别说明，均为译注）

祖母的高烧 消失的初恋

一大早，他就开始心神不定了。

2010 年 4 月，春光明媚。

谷村纯一（化名）小学毕业，刚刚跨入闪闪发光的中学生活。一个女孩儿递给他一张迪士尼乐园的门票，说："你快过生日了，对吗？这个周末我们一起去吧！"

纯一心花怒放，心想："哇！这就是大家所说的约会吧？太棒了！"纯一一直很喜欢这个和他青梅竹马的女孩儿。

盼啊盼啊，纯一终于盼来了周末。他和女孩儿坐电车来到了舞浜站。车站外弥漫着不同以往的欢快气息。纯一按捺不住内心的兴奋，在心里盘算着："先从哪个开始玩儿呢？迪士尼乐园之后会不会发生些什么呢？"

上午 10 点多钟，纯一和女孩儿刚刚走进迪士尼乐园的大门，他的手机响了。手机里传来日间护理机构负责人惊慌失措的声音：

"你奶奶发高烧了。你马上过来一趟。"

啊？现在吗？纯一慌了，这是他第一次接到成年人打来的、事态严重的电话。

纯一的祖母贵美子（化名）当时已是 85 岁高龄，白天由打来电话的那家日间护理机构照看。纯一的父母很早以前就离婚了，纯一跟爸爸一起生活，爸爸平时工作非常繁忙。那天，他正好出差去了北海道。

望着眼前的灰姑娘城堡，纯一心想："真不巧啊……"

"对不起！"

纯一快速向女孩儿说明了情况之后，匆匆忙忙地跳上电车，直接去了祖母所在的日间护理机构。

从那天起，女孩儿再也没和纯一说过一句话。

纯一的祖母贵美子一个人生活。不过，她住得离纯一和爸爸不远，走路两分钟就到。纯一 3 岁的时候，妈妈就离开了。打扮时尚又做得一手好菜的祖母代替了纯一妈妈的角色。

纯一上小学四年级的时候，全家一起去轻井泽旅游。途中，贵美子不小心跌倒，左脚骨折。从此，贵美子的腿脚就不灵便了，不仅走路时需要拄着拐杖，身边还必须有人照顾。贵美子每月去医院做一次定期检查。每次，纯一都陪着祖母一起去。

纯一放学后，也先去祖母家看一看。上小学六年级的一天，纯一放学后像往常一样去了祖母的家。可是，当他用钥匙打开门，走进屋后，却发现：欸？奶奶不在家。

奶奶每次出门前都会给他留张便条，可这天，纯一没找到便条。他心想：如果奶奶出门的话，不是去理发店，就是去医院。理发店星期二休息。那么，奶奶一定是去医院了。

他飞奔到医院，问医院的前台：

"我奶奶来医院了吗？"

前台的护士告诉纯一，他的祖母因为头晕，自己打车来了医院。护士把他带到了祖母的主治医生的办公室。主治医生告诉纯一，他的祖母得了肺炎，必须住院。

纯一慌慌张张地跑回家，给祖母拿来了换洗的衣服和洗漱用具。医院告诉他，需要给祖母交住院的押金。而且，必须当天，最晚第二天就要交。

10万日元啊……对于小学六年级的纯一来说，10万日元可是一笔巨款啊。那天，纯一的爸爸碰巧也在出差。

焦急的纯一突然想到，祖母有一个藏东西的秘密角落。他在祖母的秘密角落里找到了一些现金。然后，他拿出自己存压岁钱的银行卡去银行取钱，凑齐了押金。（纯一取出的压岁钱，后来爸爸给他补上了。）贵美子住院做 CT 检查时，被诊断出脑梗塞。于是，贵美子住院的时间延长了。

终于，贵美子出院了。可是，没过多久，她的行为举止变得奇怪起来。

贵美子开始频繁地忘记刚刚说过的话、做过的事。去厨房烧水，也会把水壶烧焦。

这是认知障碍的前兆。

纯一和爸爸很快达成了一致："不能再让奶奶用火了。"从那以后，尽管爸爸没有对纯一提出帮忙的要求，但是，纯一主动承担起了准备早饭和晚饭的家务。在这个父子之家中，纯一的举动似乎非常地"顺理成章"。纯一担心祖母一个人待着不安全，于是，他便尽可能多地和祖母待在一起，照顾她的日常起居。

12 岁这一年，纯一的生活发生了骤变。放学的铃声一响，他不是径直回家，而是一刻也不耽误地奔向祖母的家。晚饭前，纯一陪着祖母看电视剧、唱歌。到了吃晚饭的时间，他就去超市或便利店买来便当、熟食或面包，然后，陪着祖母一起吃晚饭。刚开始，纯一总买便当。后来，纯一考虑到贵美子的身体健康，开始换着花样买各种配菜。

纯一的爸爸每个月交给纯一两三万日元作为伙食费。为了让爸爸清楚伙食费的每一笔花销，每天吃完晚饭后，纯一都在记账本上记账，还把小票仔细地贴在记账本上。晚上9点多钟，纯一才能回到自己家里。回家后，纯一先洗澡，然后写作业。第二天一早，纯一先去祖母家，用前一天买回来的食材给祖母做早饭。照顾祖母吃完早饭后，他再去上学。

白天，纯一在学校的时候，祖母由日间护理机构或护工照看。护工一周来两次，由于纯一几乎和祖母寸步不离，与护工的联络本也是纯一来填写。纯一在联络本上认真细致地记录护工来的前一天和当天早上祖母的身体情况。如果哪天祖母身体不舒服，他也详细地注明，以便护工能做适合祖母当天健康状况的午饭。因为祖母走路时必须拄拐杖，所以，每次祖母外出时，纯一都会紧紧地跟在她身旁，用自己的小手扶着祖母，生怕她跌倒。

纯一完全没有和同学一起玩的时间。同学约他的时候，他总是回答："我得陪我奶奶去医院。"虽然纯一失去了和同学们共处的时光，但是，他无怨无悔、一心一意地照护着祖母。对纯一来说，贵美子是像妈妈一样照顾过自己、不可或缺的亲人。在纯一幼小的心灵中，他坚信自己所做的一切都是美好且值得骄傲的事情。慢慢地，祖母的家变成了纯一的家，照护祖母变成了纯一的事情。

自从令纯一震惊、慌乱且难忘的"迪士尼乐园之日"后，护工和护理负责人都视纯一为贵美子的第一联系人。此后，整整七年的时间里，一直都是纯一负责贵美子的一切照护事宜。

贵美子的家经常收到纯一没有订购过的健康食品。

纯一问祖母:"奶奶,这是您买的吗?"

"不是啊。"祖母不以为然地回答。

纯一从上小学六年级起,就照护着患有认知障碍的祖母。每天,他都去附近的超市买菜。

订购的商品接连不断地送上门,而且都是货到付款。东西已经被送到了家里,纯一没有办法,只能悉数支付。可是,收到的快递越来越多,半年之内竟多达 10 多件。最终,忍无可忍的纯一联系了卖家,结果发现所有的商品都是贵美子订购的。只不过,她买完就忘了。

于是,再收到快递后,纯一便跟卖家联系,一次又一次地说明情况,请求退货。

这还不是让纯一最为难的事情。最让他为难的，是贵美子的连环催命电话。

纯一每天下午 6 点多出门买菜。出门前，他会大声地跟贵美子打招呼："我去买菜了！"贵美子也总是笑眯眯地说着"路上小心"，送纯一出门。

纯一在路上走着走着，手机就会响起来。

"小纯啊，你在哪儿呢？"

电话里传来祖母既亲切又焦急的声音。听到纯一说"我就在附近的哪里哪里"，贵美子才放心地挂断电话。可是，过不了几分钟，她又打来电话问纯一在哪里。每天都是如此。

贵美子总是感到惶恐不安。纯一上初中以后，她开始给正在学校上课的纯一打电话。学校不允许学生带手机。纯一每天放学回家后，都能看到放在家的手机里有几十个未接来电。

"要不要跟老师说明一下奶奶的情况呢？可是，搞特殊不太好吧？"

纯一经过一番纠结，把手机藏在装运动服的袋子里带到了学校。下课后，他躲进厕所的隔间里，查看贵美子是否打过电话。

如果贵美子打来了电话，下一节课纯一便以肚子疼为由请假，在没人的厕所里给祖母回电话。

"今天护工怎么没来？""邻居今天乱扔垃圾了！"贵美子在电

话里抱怨这个、抱怨那个，其实，都是她自己记错了日子。

纯一上高中以后，贵美子的病情恶化，开始对纯一恶语相加：

"饭还没做好吗？"

"你怎么总是磨磨蹭蹭的！"

每天一放学，纯一就打电话告诉祖母，自己现在马上回家。可是，从学校到家坐车要 50 分钟。一路上，纯一的电话铃声不断地响起。

每天和祖母一起吃完晚饭以后，纯一便回自己的家。贵美子一会儿一个电话地问：

"饭还没好吗？"

任凭纯一怎样在电话里解释，都不能让贵美子停止询问。没办法，纯一只好返回贵美子的家，给她看吃得空空的便当盒和购物小票。只有这样，贵美子才相信自己已经吃过了晚饭。

高中允许学生把手机带到学校。这对纯一来说，可谓不幸中之大幸。

纯一升入高中后，在第一次和学校面谈的时候，向学校说明了家中的情况，并把祖母、日间护理机构，以及护理负责人的电话号码告诉了学校。上课时，如果纯一接到电话，他只要把手机的来电显示给老师看一下，便能获许走出教室，到外面接听电话。每次电话铃一响，纯一心里就"咯噔"一下，紧张地想："怎么了？"为了不错过电话，纯一把祖母的来电铃声设定成了警报的声音，振动也开到了最大。

由于纯一是贵美子的紧急联系人,一旦贵美子的身体情况出现异样,日间护理机构总是最先联系纯一。

情况紧急的时候,纯一只能给祖母的护工打电话,央求护工:"麻烦您先带我奶奶去医院。我放学后马上赶过去。"

上课时间的学校走廊上空空荡荡。形只影单的纯一手里紧握手机,孤零零地站着。

纯一上初中和高中的时候,都是独来独往。他没有和同学们一起出去玩的时间。即使同学给他发短信,约他"8点公园见",他也只能沮丧地回复"去不了"。

上初中一年级的时候,纯一加入了学校的羽毛球社团。然而,刚加入社团,他便开始了照护祖母的生活。如果参加社团的活动,他就无法照顾祖母吃晚饭。纯一向社团的指导教师提出了退团的请求。指导教师担心他因此失去朋友,于是建议他只请假,不退团。可遗憾的是,纯一最终连一次社团活动也没能参加。

在学校,并不是所有的老师都如羽毛球社团的指导教师一般亲切。有些老师埋怨纯一:"为什么是你照护你奶奶?""你的父母呢?"纯一记得,因为照顾贵美子上学迟到的时候,批评他的老师中,年长的老师居多。年轻的老师反而会耐心地询问他迟到的原因。

纯一渐渐讨厌起贵美子来。他看着身边的同学们每天开开心心地参加社团活动、打工、结伴去游玩，心里无比羡慕。大家想买喜欢的衣服就买，自由快乐地享受着学生生活，而自己呢，连打一份零工的时间都没有……

纯一感到烦闷、憋屈。他把自己关在屋里，大喊大叫，往墙上扔遥控器、扔枕头。纯一发狂般的叫喊声甚至惊扰到了邻居。不过，虽然纯一和贵美子吵架的次数越来越多，但是他从来没有朝着祖母扔过一样东西。

尽管在纯一的脑海中，唯一一次和同学们玩闹的记忆，是在一家餐厅举行的学校文化节的庆功宴；尽管在纯一的心中，有着无尽的愤怒与委屈，但是，他从来没有埋怨过。

他说："我谁都不怨。因为我做的一切，都是我必须做的事情。"

然而，令人意料不到的事情发生了。纯一在学校之外交到了"朋友"。

纯一陪着祖母参加了几次祖母和朋友们的聚餐。祖母的朋友都是些80多岁的老人，十几岁的纯一坐在他们中间，显得特别格格不入。可是，祖母的朋友们对纯一非常亲切。

"谢谢你照顾贵美子啊！"

他们感谢纯一，有人还塞给他零花钱。

他们这代人喜欢唱昭和歌谣、酷爱 GS[2]。和他们在一起久了，纯一也慢慢地喜欢上了昭和歌谣，也开始听海援队和森山良子的歌。直到现在，纯一也不看被称为"月9"[3]等面向年轻人的电视节目。

纯一上高二的时候，贵美子被诊断出了胃癌。服侍祖母吃药自然也成了纯一的"工作"。贵美子的吞咽能力日渐衰竭，纯一每次都先把祖母喜欢的凉面切成小段，再端给祖母。纯一在高中时代唯一坚持参加的学校社团是每周二的烹饪社团。因为纯一可以把在社团做的菜带回家，这能帮他减轻一些做家务的负担。当然，社团的活动结束以后（下午 6 点），纯一的手机里总是一通通贵美子打来的未接电话。

有一名好心的护工不忍心看纯一这么辛苦，常常在工作之余给纯一做一些晚饭。护工的举动让纯一感到无比温暖，觉得"还有人懂得自己的难处"。只要这样想一想，纯一就由衷地感到欢喜。

贵美子小便失禁的时候，纯一对祖母说："没事啊，我们去洗一洗就好了。"然后，他带祖母去浴室。贵美子看着毫无顾忌地为自己清洗下体的孙子，不禁老泪纵横。她念叨着："我孙子还是个小男孩啊……"，反反复复地说着，"对不住啊，对不住啊！"

---

[2] Group Sounds 的简称。Group Sounds 是日本 1960 年代后期由数人组成的摇滚乐队的种类。

[3] 日语中的星期一被称为"月曜日"，富士电视台每周一晚 9 点的黄金剧场播出的日剧被称为"月9"。

其实，这些都不算什么。最艰难的，莫过于纯一高三准备高考的那段时间。

学习到深夜的纯一总是接到祖母打来的电话。纯一好言相劝，告诉祖母自己在学习，现在是对他来说非常重要的时期。祖母马上连声说着"抱歉"挂断电话。但是，没过一会儿，祖母就忘了，又开始不断地打来电话。为了不让祖母担心，纯一学习的时候，总是把电话放在桌上。

父亲休息的时候，偶尔会帮纯一照顾贵美子的饮食。但是，贵美子坚决不吃纯一父亲准备的饭菜。纯一不忍心让祖母挨饿，总是跑去替换父亲。看到纯一，贵美子才乖乖地把饭吃完。"除了我以外，奶奶谁都不认。"纯一说。

12月的一个夜晚，纯一参加大学考试的前夕，贵美子自己打电话叫了救护车。夜里3点，纯一接到了医院打来的电话。想到自己有可能要在医院待到第二天早上，于是，纯一换上了学校的校服。纯一在路边站了很久，没有一辆出租车在他身旁停下。可能出租车司机们觉得，一个穿着校服的学生大半夜站在路边打车太过怪异了吧。

等纯一终于赶到医院，贵美子却一副若无其事的样子。她甚至不明白自己怎么会被送进了医院。

每次一听到救护车的鸣笛声，纯一就像条件反射似的在心中暗想："不会是奶奶吧？"就是现在，只要一听到鸣笛声，纯一的心还是会不由得一紧。

纯一勉强通过了大学入学考试。踏入大学校园的学生们，一个个满怀期待地开始了新的生活。然而，纯一既不参加大学社团，也不和同学来往，他把自己完全"封闭"了起来。纯一的想法是：既然没有时间和同学们一起玩，那么，没有朋友心里反倒好受一些。

突然，纯一的生活出现了转机。

纯一上大学一年级的时候，贵美子在家里摔倒，导致瘫痪，住了3个月的院。贵美子出院时，医生不建议贵美子出院后独居，而且贵美子还需要继续接受康复治疗。于是，家人在反复商议之后，决定把贵美子送进养老院。

纯一从大约7年的照护工作中解放了出来。

虽然，每个周末纯一还是去养老院看望祖母，但是，他终于拥有了大量自己的时间。纯一不仅在大学里有了朋友，而且开始打工，还拿到了驾照。这时，纯一才发现，大学生活原来这么美好！不了解纯一家里情况的朋友看着他简直像变了一个人似的，疑惑地问他："你这家伙，刚入学的时候怎么那么闷啊？！"

2020年2月6日傍晚，纯一和父亲结伴去看望新年后因肺炎住院的贵美子。即将大学毕业的纯一在去医院之前，接受了《每日新闻》

的记者向畑泰司的第一次采访。95 岁的贵美子躺在病床上，戴着氧气罩，艰难地呼吸着。

纯一和父亲从医院回家之后，突然接到医院的通知：贵美子脉搏微弱，病情危重。他们赶到医院，被告知贵美子"可能过不了今晚"。纯一和父亲留在了医院。第二天早上，贵美子的心跳恢复了正常，纯一和父亲回家睡了一会儿。下午 5 点多钟，医院打来了电话：贵美子再次出现血压下降，脉搏微弱的情况。

第二天下午 7 点多钟，医生们慌忙跑进贵美子的病房，给她装上了人工心肺机。一周前还健健康康的贵美子，现在却只能依靠机器维持心脏的跳动。

纯一倚在祖母的病床旁，望着她的脸庞，握着她的手。祖母的意识忽而清醒，忽而模糊。她的双眼望着纯一的方向，微微用力握了握纯一的手。

这双纯一从小就握着的手是如此干枯、如此消瘦。

"老人太受罪了。请停止治疗吧。"纯一和父亲对医生说。

贵美子在家人的陪伴下，安静地停止了呼吸。直到祖母生命的最后一刻，纯一都紧紧地握着祖母的手。他望着祖母，刚轻轻地说了句"你已经足够努力了"，泪水便从他的眼眶中奔涌而出。

纯一大学毕业以后，在一家大型超市找到了工作。面试时，他对面试官说，希望能在工作中用到自己的照护经验。

超市是纯一曾经每天去给祖母买食物的地方。在超市里，他经常遇到像祖母一样的老人。如果见到了和自己当年境遇相似的小孩子，纯一想问他/她一句："你还好吗？"

"我照护奶奶的时候，因为过着和其他孩子完全不一样的生活，心里产生过厌烦的情绪。但是，也因为照护奶奶，我喜欢上了GS，也学到了很多和老年人相处的方法。"纯一说。

纯一没有告诉父亲自己接受采访的事情，他不想打搅父亲，也不想让父亲知道自己内心的真实想法。这两种情绪交杂在一起，让他无法调整自己的心绪。

尽管如此，纯一还是愿意将自己的经历公之于众。因为，他想让更多的人了解少年照护者，想让世界听一听他们发出的微弱的悲鸣。

第一章

透明的存在

什么是少年照护者？

东京歌舞伎町的一家烤肉店里充斥着"滋滋"的烤肉声，烤肉架上腾起的一股股白烟在空气中缭绕。

这是 2019 年 9 月 18 日的夜晚，每日新闻社特别报道部的高级记者向畑泰司这段时间正忙于整理报道东京申办奥运会和残奥会的书面文件。今晚，他和同是记者的前辈忙里偷闲，相约来到这里，想稍稍放松一下。

"您听说过少年照护者吗？"一边吃着烤肉，一边小口小口抿着马格力酒的向畑突然问前辈。

"……什么？"微醺的前辈一脸茫然。

向畑解释说，这个连新闻记者都闻所未闻的术语是指照顾家庭成员的孩子。由于照顾家人的负担过于沉重，这些孩子的学业、交友和就业均受到了影响。甚至，有些孩子的人生轨迹也因此改变。

"我想采访这些孩子。您觉得怎么样？"向畑询问前辈。紧接着，他又继续说道："很久以前，我采访过一名这样的年轻人。虽然时隔多年，但那个年轻人的经历一直在我的脑海中盘旋，挥之不去呀。"

前辈一边听，一边点头。他的表情逐渐变得严肃起来。

"向畑，这必须报道啊！这个话题肯定能引起很多读者的共鸣。"前辈鼓励道。

"可是，还有不到半年的时间，我就要调去别的部门了。现在开始采访的话，不知道来不来得及啊。"虽说是向畑自己挑起的话题，可是突然间，他却犹豫起来，言语间显得非常不自信。

特报部（"特别报道部"在公司内部的简称）不属于新闻部，特报部的记者不需要做例行规定的报道工作。但是，他们必须花费大量时间和精力挖掘隐蔽的社会问题，撰写所谓的"调查报道"。每个记者在特报部的工作时间是两到三年。从大阪社会部调来的向畑，这时已在特报部工作了两年半的时间。

尽管如此，前辈还是鼓励他说："这么好的题材，不报道的话就太可惜了！"

突然，向畑的脑海里浮现出今年夏天刚出生的儿子的小脸。如果儿子不得不照料、护理他这个父亲，作为父亲的自己心里是什么感受？见前辈这位资深新闻工作者如此认可这个话题，向畑心底涌起了些许自信。他决定放手一搏。

向畑和前辈在末班车到站前走出了烤肉店。与喝酒豪爽的前辈相比，向畑有些不胜酒力。入秋的凉风吹过街头，穿着短袖衬衫的向畑身上泛起了一阵寒意。

第二天，向畑便着手开始了初步调查。人们对少年照护者了解多少？又有多少不了解？ 如果能找到新的案例，就能写出有价值的报道。一连数日，向畑泡在位于东京长田町的国会图书馆里，查阅资料。

从查阅的结果来看，由于从未实施过关于日本少年照护者的全国调查，日本国内少年照护者的人数不明。虽然可以查到一些研究人员和地方政府的相关调查报告，但是，地方政府当局对少年照护者几乎没有提供任何实质性的帮助。尽管援助少年照护者的团体已经向国会提出了建议，但是，议员们的反应相当迟钝。之所以如此，是因为在世人眼中，少年照护者是人人称赞的"孝子""好孩子"，有少年照护者的家庭也被视为温馨的"和睦之家"，很少有人将他们和"需要帮助的对象"联系在一起。

真实存在的少年照护者们被掩盖在社会的阴影之下，成为鲜为人知的"透明的存在"。而且,作为当事人的少年照护者很少主动开口讲述自己的情况。"就算报道出来,也没有几个人感兴趣吧?"向畑不禁在心中暗想。自己能否成功地报道少年照护者的经历?自己的报道能否成功地引起世人的关注?向畑还是没信心。这也是他在此前一直无法下定决心报道少年照护者的原因之一。

10月中旬,向畑依然犹豫不决。一天,特报部部长井上英介邀向畑出去坐坐。两人来到了位于东京竹桥每日新闻社总社的一家咖啡店。当时,距东京都政府实施防止被动吸烟条例还有半年的时间,咖啡店里充满了香烟的味道,一缕缕淡淡的烟雾在空气中飘荡着。井上是个烟民,因此他选了这家店。

关于报道少年照护者的事情,向畑想征求一下上司的意见,看看自己最近是不是在做着徒劳无益的工作。

"您听说过少年照护者吗?"他问。

"什么?"井上果然浑然不知。

向畑根据自己这一个月来查阅的资料,尽可能条理清晰地向上司解释道:据说,日本有相当数量的少年儿童在照料、护理着家人。不过,实际情况并不明了,也没有任何援助这些孩子的措施。因为要照料家人,有些孩子无法上学,有些孩子不得不放弃自己的未来。

井上的脸上渐渐露出了惊喜的神情。他是一位长年在社会部工作、有着丰富经验的上司,对下属的想法抱有浓厚的兴趣,也非常乐于接受下属的建议。他对向畑说道:"尽快写一份企划书。你现在手头上的奥运报道一结束,就马上开始做这个。人员安排交给我。"

人员安排?向畑大吃一惊。他本来打算自己一个人追踪报道。特报部的同事们整天东奔西跑,忙于追逐各自的"猎物",实在不好意思把繁忙的他们扯进来。然而,井上迅速做出了决定:必须以部门为单位,全力以赴、认真对待。

11月,向畑和比自己晚进特报部的田中裕之组成了一个小型采访组。与擅长报道刑事案件的向畑不同,田中有着长期在政治部工作的经验,他擅长和政治家及政府部门打交道。向畑对井上指派田中没有提出异议,因为打动政府和"永田町"[1]是让少年照护者得到支持与关怀的前提。

田中听到"少年照护者"这个陌生的主题时,满心疑惑,没有表现出加入采访组的热情。可是,他刚刚结束了在另一个采访组的工作,从时间上来说,现在他正处在一个"恰当的"空档期。特报部的副部长松尾良被任命为组长。松尾是个与信息时代脱节的人。虽然身处日益数字化的办公环境,但是,他一直坚持把文件打印出来,用红笔在纸上写写画画。松尾接受任命时埋怨:"少年照护者"为什么要用音

---

[1] 永田町为日本政界的代名词。

译的外文词，就不能翻译成日语吗？[2]

小小护理人

与那名像根刺一样扎在心头的"少年照护者"的相识，要追溯到向畑还在大阪社会部工作的时候。距采访组成立的今天，已经过去了好几年的时间。

向畑在大阪社会部任职时，是随时待命向各种繁杂事件出击的"游军"团队的负责人。因为要策划一个关于家人照护的系列报道，2015年11月，他采访了一个叫作"TOMO"的组织。"TOMO"主要援助的是照护家人的男性。由于男性日常不习惯做家务和照顾孩子，当他们必须照料、护理家人时，常常倍感压力，面临着诸多特殊的问题和困难。

向畑在京都市中京区的一家咖啡店里，采访了围着桌子坐着的十几名中老年男性。向畑询问了他们的近况，与他们闲聊，向他们提出建议，并说了一些鼓励的话语。在这十几名中老年受访者中，一个看上去只有20出头的年轻人引起了向畑的注意。年轻人只待了30分钟，说接下来还有别的事情，便起身离开了。

---

[2] "少年照护者"在日文中为"ヤングケアラー"，是直接按照英文发音翻译的外来词语。

"他是研究照护者问题的大学生或研究人员吗？"向畑问其他受访者。

"不是不是。他也是一名照护者！他在照护自己的爷爷。这样的孩子好像被叫作什么少年照护者。"众人回答。

"少年……照护者？"向畑重复道。

这是一个他从未听说过的词语。不过，仔细想一想，日本正处在一个少子化、老龄化的时代，年轻人照料家人并不是一件匪夷所思的事情。然而，向畑还是觉得恍惚。这似乎不像是在现实生活中发生的事情。欸？其实……向畑突然想起上小学的时候，就有一个同班同学在照料母亲……他之所以不太记得这件事情，是因为他从来没有关心过那位同学的学校生活，也没有考虑过是否有人帮他等问题。此时此刻，向畑第一次切实地感受到了少年照护者的存在。

第二年，2016 年 3 月 5 日，向畑走进了冈山大学（冈山市）的一间教室。一名名叫朝田健太的 30 岁男性受大学之邀，向大学生们讲述了自己的照护经验。演讲结束后，手握麦克风的朝田询问台下成排而坐的三十几名大学生：

"年轻人为照护家人做出的牺牲，是他们必须承担的责任吗？"

在朝田平缓而温和的语气中，夹杂着让人无法抵御的坚毅。犀利的问题瞬间让教室里的空气凝固，向畑能够感受到学生们的紧张。

朝田再次发问："各位，如果你们是我的话，你们会怎么做？叫天天不应，叫地地不灵的情况下，你们会做何选择？"

向畑似乎听到了朝田内心的嘶喊。

日本全国有几个人知道"young carer"这个词语呢？直译的话，"young carer"是"年轻的护理人"的意思。但是，在日语中，对"young carer"并没有明确的界定。也许，这恰好说明了日本社会对这一群体的忽视？日本照护者联盟（东京都）是一个致力于援助家人照护的机构，他们参考其他国家的先例，将"少年照护者"定义如下：

"在家庭成员需要照顾时，承担起成年人应尽的责任，如做家务、护理家人、给予家人情感支持的未满18岁的少年儿童。""需要照护的家人常为身患残疾或病重的父母、年迈的祖父母，也有兄弟姐妹或亲戚的情况。"

大多数少年照护者均处于青春期，他们照护家人的内容包括做家务、陪伴、照料病人的日常起居、安抚病人情绪等。少年照护者不同于成年照护者，年龄尚小的他们缺乏社会经验。当超出年龄的重任被强加在他们身上之后，导致他们出现迟到、旷课、学习成绩下降、无法交到朋友等问题，严重影响了他们的学校生活及身心健康。

向畑曾经试图在网上搜索"少年照护者"一词，但是，当时在日本的网络上，几乎找不到有价值的文章。在每日新闻社的数据库中，仅有两篇相关报道。其他媒体数据库中的资料也大同小异。

在援助组织"TOMO"的协助下，向畑采访了朝田。演讲结束后，向畑和朝田进行了面对面的长谈。朝田告诉向畑，自己从大学时代起就开始照护患有认知障碍的祖父，每天夜里都无法好好睡觉。由于照护祖父过于辛苦，自己不得不从大学退学……朝田的确做出了极大的牺牲。

关于朝田的报道，作为每日新闻社大阪总社的系列报道《家人照护》中的一篇，于2016年4月登载在大阪总社发行的报纸上。然而，《家人照护》系列报道旨在从不同角度追踪家人照护的情况，少年照护者只是其中的一个侧面。并且，该报道未能登上东京等其他大城市发行的报纸的版面。"以后有机会，我一定要报道少年照护者。"向畑在心中暗下决心。多年来，少年照护者这个主题始终盘旋在他的脑海里，挥之不去。

没有统计数据

按照特报部部长井上的指示，向畑撰写了少年照护者专题报道的企划书。经过一番思考，他将专题报道的标题定为《少年护理者》。

鉴于特报部的工作任务是报道特别事件，必须将标题放在报纸头版的上端。虽然每日新闻社正在从纸质媒体向数字媒体转型，但是，报社内部依然无法舍弃对纸质媒体强烈的"信仰"。在初步调查中，向畑一直在寻找关于全国少年照护者的人数及其发展趋势的数据。一旦有了确实的数据，专题报道就可以光明正大地登上报纸的头版头条。

在向畑翻阅的大量文献和论文中，都提到了日本总务省的"就业结构基本调查"，并指出其调查结果的数据最接近少年照护者的实际规模。这一鲜为人知的调查，每五年实施一次。在最新的一次（2017年）调查中，向全国15岁以上、约1,080,000人询问了"是否有照护经历"的问题，并且，按照不同年龄段计算了照护者的人数。"就业结构基本调查"是为数不多的、关于家人照护的政府统计调查。

然而，在该调查中，最小的照护者的年龄段为"15岁以上、30岁以下"。按照这一划分方式，15~30岁的照护者人数在2012年为177,600人，在2017年为210,100人。由此可见，十几二十岁的年轻照护者的人数在显著增多。日本照护者联盟将少年照护者定义为"未满18岁"的儿童，另外，当时民法规定的未成年人年龄为19岁以下。因此，从该调查结果中无法得知少年照护者的人数。这种粗略的统计方法，十分明显地反映出政府完全没有意识到少年照护者这一群体存在的情况。

向畑希望从2017年的统计数据（210,100人）中提取出未成年人的人数。如果可行，那么提取出的数据很可能将是日本第一个关于少年照护者的国家级别的统计数据。向畑打算先和总务省联系。虽然不知结果如何，向畑还是在企划书中写下了"就业结构基本调查"几个字。

此外，向畑还在企划书中写下了少年照护者因不堪忍受过劳照护，引发了刑事案件的内容。向畑是一名刑事新闻记者，在他撰写的企划书中出现这样的内容不足为奇。另外，由于刑事案件具有大篇幅报道的价值，这方面的内容可被用作企划书顺利通过编辑部审批的筹码。当时，有关少年照护者的报道和针对少年照护者的采访寥寥无几，但是，少年照护者的存在是不争的事实。在企划书中，必须有让人耳目一新的内容。

11月25日，采访组的向畑、田中和组长松尾在每日新闻社东京总社四楼的特报部召开了第一次会议。虽然向畑在企划书中列举了一些地方团体和学者的相关调查结果，但是，仅凭这些资料不足以单独报道少年照护者。向畑提议，将少年照护者的全国首次调查作为目标。其他两人对此没有提出异议。不过，松尾不赞成在第一篇报道中涉及刑事案件。

他的理由是："至今为止，各大报社，包括我们报社在内，几乎没有报道过少年照护者。也就是说，我们的读者对少年照护者一无所知。如果我们在第一篇报道中就涉及刑事案件，那么，涉案的'特殊孩子'会误导读者，让读者认为少年照护者都是问题少年。其实，几乎所有的少年照护者都是不会惹是生非的'普通孩子'。"

最终，采访组的三位成员达成一致：进行全国调查统计的同时，采访目前正在照护家人的、十几岁的少年照护者，真实记录他们的生活。然而，寻找采访对象的难度远远超出了他们的预料。

第二天 11 点左右，向畑拨通了总务省统计局（该局负责就业结构基本调查）的电话。这通电话将决定专题报道的未来方向。很可能向畑放下电话之后，他们必须推翻以前制订的计划，一切都要重新来过。手握电话的向畑十分紧张。

"您好！我是每日新闻社的记者，我叫向畑。我想向您咨询一下有关就业结构基本调查的事情。"

接电话的是一名女性职员，她的态度从始至终都非常友善。等向畑解释完自己的意图之后，她开口说道：

"我明白您的意思了。不过，是否能够重新统计结果需要请示领导。等有结果后，我联系您。"

向畑告诉了对方自己的手机号码，放下了电话。他在心里祈祷着能有好的结果，可是，在他内心深处的某个地方，不断回响着否定的声音："已经公开的数据不可能重新统计。"田中和松尾也说："重新统计已经公开的数据？闻所未闻。"一个小时过去了，手机没响，紧接着，过去了两个小时、三个小时。向畑坐立不安，根本无法专心工作。

下午 3 点多钟，统计局终于打来了电话。向畑从对方的语气中猜到了结果。

"我们领导说，因为调查结果已经公布，所以年龄划分方式不可能更改。"对方说。

"哦……"向畑失望极了。

"我们很理解您工作的需要,可实在是无能为力。十分抱歉。"对方道歉道。

"出师不利啊!"向畑心想。

"不过,您听说过'量身定制统计'吗?"对方接着说。

"什么?"向畑问。

对方解释道:"把国家统计的数据按照您的要求,也就是用'量身定制'的方式重新统计、计算的制度。不过,这不归我们统计局负责。我们领导说,也许您用'量身定制'的方式可以得到需要的数据。但是,是不是可行,我们也不确定。只能供您参考。"

向畑心里半信半疑:量身定制?能够重新统计?真的吗?!

"在网上能找到相关的信息吗?"他问。

"可以。负责的部门叫作'统计中心'。"对方回答道。

"好的。我查一下。"向畑说完,挂断了电话。

虽然向畑嘴上说"查一下",但他并没有把对方的建议放在心上。向畑心里充满了挫败感,他不住地想:该如何是好?该如何是好?向畑起身走到松尾的座位旁,向松尾报告道:"统计局回复说不行。看来不得不重新制定企划方案了。"松尾一脸遗憾。

向畑走回自己的座位,看到了记事本上潦草地写着的"量身定制统计"几个字。于是，他在网上检索起来。电脑屏幕上马上弹出了（东京）国家统计中心的主页，主页上写着这样一段介绍文字：

"根据统计法第 34 条，统计中心受公众委托，对行政机关等实施的统计调查数据及信息进行再次统计分析。"

读着读着，向畑突然意识到统计局的人告诉了他一个多么重要的信息。以政府公布的统计结果为基础的个别数据，可以委托统计中心重新进行统计。重新统计的结果将被公之于众。就业结构基本调查也包括在可重新统计的范围之内。为了提高对用户的友好度，2019 年 5 月，统计中心还扩大了统计范围、降低了统计费用。

也许这个方法可行？也许！

然而，并不是每个人都有申请重新统计的权利。委托者必须接受审查，以确保其重新统计的结果仅用来进行研究或教育等。在统计中心的网页上公布的委托人列表中，以往提出申请的多为大学教授或研究机构，报社等媒体似乎从来没有提出过重新统计的申请。

"要不，试试吧？"向畑抱着死马当作活马医的心态，给统计中心写了一封邮件。在邮件中，向畑提出了重新统计数据的请求，并说明了申请的目的。两天后，向畑收到了回复。速度之快，令他颇感意外。

"可以统计十几岁的照护者人数。统计内容被调整后需要审核。若审核通过，将进入正式申请流程。"

啊！黑暗中透出了一丝亮光。

接下来，向畑和统计中心的工作人员通过邮件协商，确定了重新统计的详细内容。除计算15~19岁的少年照护者的人数之外，还结合就业结构基本调查中的"性别""职业""是否就学""照护的频繁度"等调查项进行分析，以便能详尽地呈现少年照护者的实际情况。并且，重新统计2012年和2017年两次的调查数据，以此来分析少年照护者人数的增减趋势。

12月6日，重新统计的所有内容细节最终确定。因统计中心根据统计项目的多少和工作时间的长短收费，这个项目委托费预估要几万日元。虽不算便宜，但报社员工出差时如果需要过夜，所需的差旅费也差不多是这个金额。因此，向畑认为报社应该能够批准。

向畑向统计中心发出了重新统计的申请，并在邮件中明确表达了此次重新统计的意义：通过调查少年照护者的人数及其增减趋势，揭示少年照护者这一社会现实问题，呼吁社会各界向少年照护者伸出援助之手。

四天后，12月10日，统计中心发来消息：审查会议刚刚结束，贵社的申请已被通过。

"追忆往事"的光明与灰暗

向畑和田中找不到合适的采访对象。

他们在东京地区的各个援助团体之间来回奔波，并且拜访了几位研究少年照护者的学者。虽然有些人愿意帮忙询问，但是少年照护者一听要接受采访，当即一口回绝。面对素不相识的记者，讲述照护家人的经历并非易事。况且，在采访中，势必会涉及照护家人时发生的种种不快。更何况，向畑和田中划定的采访对象大多是处于青春期的高中生。他们不仅敏感，而且少言寡语。

很快，向畑和田中又遇到了另一个问题：应该向谁获取采访未成年人的许可？根据以往的经验，如果采访对象是未成年人，他们必须得到采访对象的监护人、学校、家长的许可才能进行采访。然而，少年照护者的父母或家人多是少年照护者照护的对象，很可能对采访抱有抵触情绪。

是否可以在征得少年照护者本人同意的情况下进行采访呢？似乎不行。因为未成年人很可能无法正确判断接受采访之后面临的社会压力。文章发表后，一旦引起麻烦，仅仅因为采访对象是未成年人这一点，报社就会被追究责任。

"今天还是没有进展。""太难了！"向畑和田中发给彼此的短信里全是牢骚和失望。他们在12月的寒风中整日奔波，情绪无比低落。

雨雪交加的一天，向畑和田中来到位于东京武藏野的成蹊大学，拜访涉谷智子副教授。涉谷副教授是日本最早关注少年照护者问题的学者，曾与地方政府合作进行过实地调查，也访问过援助经验丰富的英国。这天，田中与涉谷副教授是初次见面。

当向畑和田中向涉谷副教授提到"量身定制"制度时，涉谷副教授大吃一惊："有这样的制度啊?!"

向畑和田中对涉谷副教授坦言相告：他们无法找到合适的少年照护者进行采访。

涉谷副教授说："我在采访中也遇到过类似的情况。不过，十几岁的孩子还不能客观地看待自己的境遇。我认为，年龄稍大的少年照护者更能从客观的角度，简单易懂地讲述自己的经历。采访对象不用局限在10多岁的少年照护者这个范围之内。"

涉谷副教授的一席话，无疑让向畑和田中茅塞顿开。一直以来，他们的思路都局限在未成年人身上。向畑和田中返回报社与采访组组长松尾商议后，立刻决定改变方案：采访曾经有过少年照护经历的成年人，并将他们的经历以故事的形式再现。这样一来，因为采访对象是成年人，采访只需征得本人同意即可。另外，松尾认为，只要得到了满意的重新统计的结果，就不必局限于当事人故事的撰写方式。这让向畑和田中更是舒了一口气，久违的愉悦感充斥着两人的内心。年底的夜晚，灯光绚烂。

新年过后，向畑和田中又开始拜访各援助团体及相关学者。现在，他们要寻找的采访对象是"从小照护家人的大学生""曾经是少年照护者的 20 多岁的年轻人"。更改采访对象年龄的做法颇有成效，好几个人都答应接受采访。更让人惊喜的是，在第一次采访顺利完成之后，之前的各种困难都像幻影般烟消云散。接下来的采访顺风顺水，一个接着一个。向畑和田中一连几天都在马不停蹄地采访。

一天，田中对向畑说：

"我觉得最好一天只采访一个人。"

向畑也有同感。作为记者，他们自以为能够做到头脑冷静、情绪不受采访工作的影响。但是，他们常常在不知不觉中，猛然发觉自己陷入了采访对象讲述的故事之中，不能自拔。采访结束后的当晚，久久不能入睡的情况也时有发生。于是，田中和向畑商定："保持良好的状态是对采访对象最大的尊敬。"他们决定，不再接连不断地进行采访，而是在两次采访之间空出几天时间，用来调整自己的状态。

田中提出了"与数字化时代共进"的想法。

新年伊始，田中对向畑和松尾提议道："少年照护者的同龄人也要成为我们的读者。"向畑和松尾表示赞同。然而，他们三个人都不太懂网络技术和 SNS（社交网络服务）。于是，田中决定向报社数字媒体部的渡边亚由求助。渡边亚由入职每日新闻社数字媒体部之前，曾从事 IT 行业。田中是在报社内部的青年员工学习会上认识与他年纪相仿的渡边的。2 月 7 日傍晚，向畑、田中和渡边在商场的地下超市里买了葡萄酒和小菜,来到了东京大手町一个共用的工作空间。向畑和田中习惯在小酒馆里一边喝酒一边谈工作,经常喝得半醉,他俩对在共用工作空间这种新颖的地方谈工作感到非常新奇。

"我希望年轻的读者产生代入感。让他们读完少年照护者的故事后产生'这样的事情,很可能发生在自己或身边的朋友身上'的感觉。把少年照护者的经历写成长期连载的人物故事,怎么样?"渡边建议道。

由于纸质报纸的版面有限,刊登的文章最长只有1,200字左右。但是,在网络上,1万字的文章也可以登载。于是,松尾和渡边在征求了渡边的上司立花健一的意见后,与报社新闻网负责人协商,开辟了一个以少年照护者为主题的页面。当时,《每日新闻》正在先于其他报纸续报道安倍晋三首相的"赏樱会"。因此,少年照护者的页面以"赏樱会"的页面为模板制作完成。另外,报社也给少年照护者采访组注册了推特账户。

第一批全国统计数据

2月14日情人节这天,特报部收到了来自统计中心的一个大信封。信封里装着一张光盘。向畑打开了光盘内名为《2017年就业结构基本调查重新统计数据》的文件。文件中罗列着大量条目与数据。

向畑花了很长时间，才找到了自己心心念念的那个数字——37,000人。

这是年龄介于15~19岁之间的未成年照护者的人数，是首次官方的全国统计数据。

向畑马上将重新统计的结果用邮件转发给了同组的田中、组长松尾、特报部部长井上，以及特报部的另一位领导川边康广。

看到数字的瞬间，向畑松了一口气。不过，他对这个数字又有一丝怀疑：就这些？经过近3个月的采访，他感觉少年照护者的人数应该更多才对。若从新闻价值上判断的话，37,000这个数字究竟算是多，还是少呢？正当向畑在脑海里画出了一个大大的问号时，川边走进了特报部的办公室。他一进门就说：

"少年照护者的人数相当多啊！"

"多吗？我倒觉得不是很多。这会儿正发愁该怎么解释这个数字呢。"向畑说。

"怎么不多？！这可是一个足以让读者大吃一惊的数字！我真没想到有这么多照护家人的孩子。这可是上头版头条的话题啊！"川边反驳道。

的确，如果在报道中只罗列出几个案例，那么，读者可能认为少年照护者只不过是个案而已。然而，37,000这个数字一摆出来，应该没有人能从口中轻轻松松地说出"个案"这个词了。

松尾也对向畑说，一旦数字过万，就会理所应当地登上头版。

在仔细阅读了重新统计的数据之后，向畑也渐渐弄清了少年照护者的增减趋势。

2017年，210,100名（以下均为估计值）15~29岁的照护者中，15~19岁的少年照护者为37,100人。其中，30,700人（约80%）一边上学，一边照护家人。在读的少年照护者中，4,900人"上学的同时也在工作"。他们中的一些人应该是一边上非全日制的通信制[3]/定时制[4]高中或职业学校，一边工作或兼职，同时，他们也在照护着家人。

随着对"日本照护者联盟"等援助组织，以及原少年照护者的采访的深入，采访组发现，产生少年照护者的原因与少子化、高龄化、单亲家庭增加等社会现象密不可分。另外，少年照护者承担的照护任务远远超出了"搭把手"的范围，而且，照护时间很长。过度的照护工作严重地影响了少年照护者的身心健康。照护家人导致少年照护者上学迟到、旷课的次数增加，学习成绩下降，与同学关系疏远。有些少年照护者因为担负着照护的重任，不得不放弃继续求学或正常就业

---

[3] 通信制学校，指不要求学生每天在固定的上课时间到校上课，学生主要在家里或在学习中心学习的学校。因为学生主要靠自学，因此课程较为灵活，有很多与考学无关的课程。

[4] 定时制学校，相当于全日制和通信制学校的结合体，简单来说是拥有夜校的学校。学习生活相对来说宽松，作业很少，可以边打工边上学。

的机会，前途渺茫。

有关"照护频度"的重新统计结果令人倍感沉重。数据显示，回答照护频率为"一周4天以上"的至少有12,700人。也就是说，超过30%的少年照护者一周内的照护天数过半。照护频率较低的"一周1~3天"的为9,800人，一个月内照护3天的为7,200人。

"一边上学、一边照护"与"一周4天以上"两项数据的交叉分析结果显示，一边上学、一边照护，且一周照护4天以上的人数的占比超过30%。即这些孩子在日常生活中，必须同时兼顾学业与照护。

从少年照护者的性别来看，女性为18,900人，男性为18,200人，男女几乎各占一半。采访组没有料到，"女孩子就应该多干活"这一传统观念，在少年照护者身上也有所反映。

根据2012年就业结构基本调查的重新统计结果，15~19岁的照护者人数为34,200名。截至2017年，少年照护者在5年内增加了约3,000人。2012年，回答"在读"和"在读，但主要是工作"的人数为28,000人。一边上学、一边照护家人的人数占全体被调查者人数的80%，与2017年的调查结果相同。由于"照护频度"是2017年新增添的调查项，因此，该项无法与2012年的调查结果进行对比。

少子化导致孩子的数量减少。今后，少年照护者人数剧增的可能性也许不大。然而，比少年照护者的人数更为重要的，是少年照护者人数在整体人口数量中的占比。2017 年 15~19 岁的人口为大约 598 万人，其中，少年照护者占比 0.62%。在短短 5 年前的 2012 年，占比为 0.57%。虽然增长率不大，但是，数据清楚无误地显示了"增长"这一现实。向畑不由得加大了手指敲打在计算器按钮上的力度。

《小小护理人》专题报道

3 月 5 日，采访组组长松尾总结了前一阶段的采访结果，并通过邮件给向畑和田中发送了专题报道的总建议书。专题报道被命名为《少年照护者 小小护理人》。向畑觉得这个题目很好，但田中却持有不同的意见。

田中提出异议的理由是：少年照护者不仅需要护理病人的身体，而且需要疏导病人的情绪等，他们承担的工作包罗万象、繁多复杂。在专题报道中，使用"护理"一词不妥。

田中提出以上意见是有依据的。在日本照护者联盟的网页上，少年照护者被划分为 10 类（以下序号为采访组添加）。

① 代替残疾或患病的家人做家务，如购物、做饭、打扫、洗衣服等

② 代替父母照顾年幼的弟妹

③ 照顾、陪伴残疾或患病的兄弟姐妹

④ 照顾必须寸步不离陪伴的家人，并与其交谈

⑤ 为日语不是母语或患有残疾的家人做翻译

⑥ 为补贴家用工作，帮助残疾或患病的家人

⑦ 照顾有酗酒、吸毒、赌博问题的家人

⑧ 照顾患有癌症、不治之症或精神疾病等慢性疾病的家人

⑨ 照料残疾或患病的家人的日常生活

⑩ 帮助有残疾或疾病的家人洗澡或上厕所

许多人在看到"护理"一词时，常常理解为对老年人身体上的照顾。田中担心，将"护理"作为关键词，讨论少年照护者的问题，无法准确地向读者传达少年照护者实际承担着"包罗万象、繁多复杂"的工作这一事实。

四天后，田中、向畑和松尾三人聚在了一起。松尾解释了选择使用"护理"一词的理由。

他说："我很清楚，这些孩子做的事情包罗万象、繁多复杂。但是，目前找不到一个比'护理'更好的词语。对于不了解报道内容的读者来说，一看到标题、宣传海报上出现晦涩难懂的词语，很可能就会失去阅读的兴趣。其实，我们在社内向其他编辑介绍这个专题报道的时候，对报道内容一无所知的编辑们更容易理解'护理'一词。另外，简单易懂的词语可以更有效地吸引读者的眼球。至于少年照护者承担的包罗万象、繁多复杂的重任，可以让读者们在阅读的过程中慢慢了

解。"

向畑也认为，只有标题足够吸引眼球，才能引发读者的阅读兴趣。最终，田中也接受了《少年照护者 小小护理人》这个标题，并和向畑一起开始了报道的撰写工作。

由于新冠疫情来势凶猛，人们的日常生活发生了巨变。3月11日，WHO（世界卫生组织）总干事谭德塞发出了"感染暴发"的警告。在日本国内，春季高校棒球选拔赛有史以来首次被取消。口罩供不应求，药店门口全是排队购买口罩的人。关于新冠疫情的报道占据了各大报刊的版面。

3月19日，星期四，每日新闻社东京总社在四楼的编辑部召开会议，讨论从次日开始的三连休的版面编排。开完会回到办公室的松尾说："22号早报的头版竟然空着！"虽然空出的版面的优先使用权是留给新冠疫情的最新消息的，但是，如果不见缝插针地使用这次空出的版面，少年照护者的报道登上头版的机会可谓遥遥无期。

三连休的第二天，3月21日，报社没有收到有关新冠疫情的最新报道。松尾在当天的版面编排会议上提出，在空出的版面上刊登少年照护者的报道。他的建议得到了与会人员的一致同意。采访组的向畑、田中，以及井上、川边接到通知后，马上赶到了报社。虽然报纸要等到第二天才发行，但是，他们计划当天就把报道发布在《每日新闻》的新闻网站上。

当天夜里送到报社的报纸校样的头版上,《少年照护者3.7万人15~19岁 80%为学生》的大标题和向畑、田中的署名尤为夺目。"《每日新闻》对就业结构基本调查的数据进行了重新统计""全国首次揭示了少年照护者的现状"等内容也被醒目地标出。广为人知的《每日新闻》报第三版的"特写"栏中,列出了重新统计的项目、数据、少年照护者的实际状况,以及少年照护者面临的问题。

不过,头版上没有出现按照少年照护者的英文(young carer)翻译的平假名词语。"果不其然啊!"松尾心中暗想,"报社的编辑们(报社审理部门的官员)不赞成在标题中使用不常见的词语。"他没有说什么,默默地接受了这个现实。在新闻网页上,专题报道的标题中出现了少年照护者的平假名音译词,但是,报道的大标题被改成了《护理家人的孩子》。

在第三版的"特写"栏目中,报道聚焦在了仙台市一名男性原少年照护者(31岁)的身上。他是采访组的第一个采访对象。负责第三版版面和标题的编辑称,报道中的男子的经历让他的内心受到了极大的震撼。他是在经过了深思熟虑、反复斟酌之后,才最终确定了标题。

"平衡学校生活和照护真的太难了!"发出这样的感叹的男子,从初中三年级到23岁,一直照护自己患有认知障碍的祖母。

他生活在单亲家庭,因为母亲要外出工作赚钱养家,只能由他在家照护祖母。祖母一连数日出现妄想和徘徊症状,天天折腾到深夜才能安静下来。最终,这名男子因体力不支,被迫从高中退学。

·由于单亲家庭增多,越来越多的少年照护者不得不承担起照护重任。

一开始,这名男子的祖母的症状只是健忘。但是,在他上初中的时候,祖母的病情恶化了。他上高中以后,祖母出现了怀疑"钱被偷了""有人说自己坏话"等妄想症状。祖母因不愿第二天去日间护理中心,每天晚上都情绪激动地大吵大闹。这名男

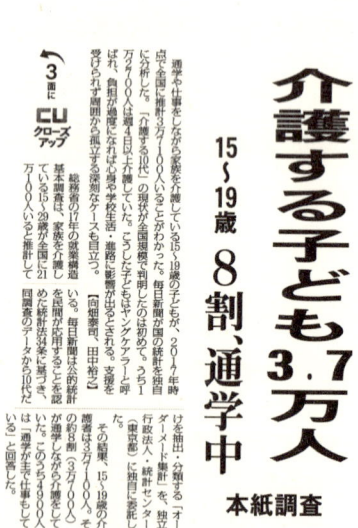

2020年3月22日《每日新闻》头版标题:《少年照护者3.7万人 15~19岁 80%为学生》。

子从晚上 9 点开始安抚祖母,直到凌晨 2 点才能让她安静入睡。等到他上床休息的时候,往往已是凌晨 3 点。尽管如此,夜里每隔两个小时,他都必须协助祖母上厕所。第二天一早,精疲力竭的他还要送祖母去日间护理中心。这样的生活日复一日。后来,祖母又出现了徘徊症状[5],身边一刻也离不开人。为了不让祖母吃饭时噎到,他在做早饭和晚饭的时候,总是把饭菜全部切碎。

· **过度照护严重影响了少年照护者的学业。少年照护者很少向周围的人倾诉,也很难得到周围人的理解。**

这名男子到学校后,常常感到头重脚轻、浑身发热,上课时困得睁不开眼睛。"现在想起来,那时的自己天天都像处在宿醉的状态。"他在接受采访时说。后来,由于听力衰弱,加之在家根本无法学习,他的成绩一落千丈。本来在全年级 180 人中,他的考试成绩排在前 50 名。可是,上高二以后,他的排名滑到了倒数 20 名。

祖母下午 4 点从日间护理中心回到家,因此,一放学他便往家赶。他好不容易才加入学校弓箭部,却没有时间参加社团的活动。为了能和班里的同学们一起聊天,他经常用手机查看当下

---

[5] 徘徊症状为认知症的周边症状。"徘徊"是指除了身体在一个地方来回走动,内心的情感也在"来回走动"(起伏波动)。老人的徘徊让家属感到担心和不安,有时候会让照护者产生负面情绪,不停的走动还会加大跌倒的风险,增加家庭照护者的照护压力。

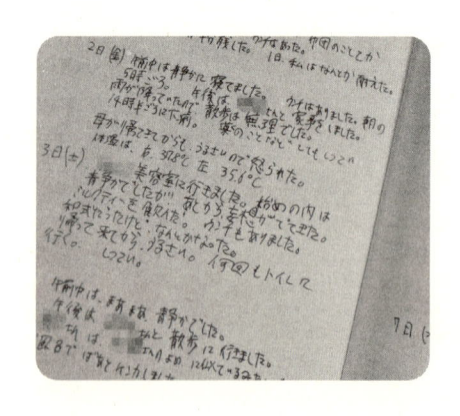

该男子当时的日记。日记中详细地记录着祖母的健康状况和自己当时的心情。

流行的话题。可是,他没有和同学谈天说地的时间。最终,他只能选择避开同学,独来独往。

疲惫不堪的母子俩也曾打算把祖母送进护理机构,但是,当他们听护理机构的负责人说三年以后才能有床位时,便打消了这个念头。骑自行车去学校的路上,虽然只有短短的20分钟,但对他来说,却是无比安静与幸福的时刻。他常常在上学的路上停下自行车,呆望着街道和天空。不过,他只有两分钟的时间来放空自己。因为尽管他对老师说明了家里的情况,可是如果迟到了,他依然会遭到老师的批评。

· 少年照护者面临着升学、就业的问题,却得不到任何帮助。日本照护者联盟的工作人员指出:"人们普遍认为,校园霸凌、虐待等比少年照护者的问题更为紧迫和重要。"

上高中二年级的时候,他终于不堪忍受劳累的照护生活,身心崩溃。

2月的一天早晨,他从睡梦中醒来,想起床,却怎么也挪不动自己沉重的身体。他陷入了"什么也不想做"的状态。他无法继续上学,只能休学。休学后,他开始在家专门照护祖母。因为他不再觉得"自己和同学生活在两个世界",压力反而减轻了许多。他本想尽快复学,但无奈祖母的健康状况一天比一天差。一年后,他办理了退学手续。他把校服连同所有和高中有关的东西团成一团,扔进了垃圾箱。

2011年,91岁高龄的祖母在去世前,已经不认得他了。

"奶奶就像不辞而别一样。"他黯然地说。

祖母去世后,他开始找工作,却四处碰壁。面试的时候,面试官问他:"你怎么没有一边照护祖母,一边考个资格证书呢?"他无言以对。最后,他只能靠打零工度日。他在24小时便利店上过夜班、做过清洁工。从十几岁开始到二十几岁,整整七年青春飞扬的花样年华里,他不得不夜以继日地照护祖母。即使他诅咒或憎恨自己的境遇,也不足为奇。但是,他却说:"妈妈一个人抚养我,她必须去工作挣钱。是奶奶一手把我带大的。小时候,奶奶总是拉着我的手。奶奶病了以后,就要换我拉着她的手了。"

为了完善数据分析,在第三版上,同时登载了一篇对成蹊大学涉谷智子的访谈。

向畑第一次见到涉谷，是在前一年的 12 月 1 日。那天，涉谷在位于东京本乡的东京大学医学部举行的研讨会上，发表了题为《少年照护者与自信》的演讲。整个会场座无虚席。

涉谷在演讲中提到，按照日本的传统观念，照护家人的孩子是"好孩子"。然而，人们看不到这些孩子肩负着多么沉重的负担，面临着多么严峻的问题。她指出，孩子照护家人绝非"美谈"。四年前，向畑在原少年照护者朝田健太的演讲上，听到朝田发出质问："年轻人为照护家人而做出的牺牲，是他们必须承担的责任吗？"涉谷的言论与朝田的质问不谋而合。向畑认为，在向读者介绍少年照护者的时候，涉谷尖锐犀利、一针见血的观点不可或缺。

重新统计就业结构基本调查数据的结果出来以后，向畑拜访了涉谷，对她进行了访谈。此时，涉谷也正在满心期待地等待着重新统计的数据结果。向畑根据这次访谈撰写的报道的标题直接采用了涉谷在演讲中的观点：

《绝非"美谈"》

记者：在这次重新统计的数据中，最令人关注的是什么？

涉谷：最令人关注的是少年照护者的"人数"。与 2012 年相比，2017 年的少年照护者人数增多。在高龄化、少子化的今天，少年照护者的占比上升。根据英国 2011 年实施的人口普查结果，少年照护者（5~17岁）的占比为2.1%。如果日本不只是"照护"，而是将"照看"也包括在调查范围之内的话，日本的少年照护者人数应该更多。

记者：在少年照护者中，超过80%的孩子是在校的学生。照护对他们的学习生活有着怎样的影响？

涉谷：缺席和旷课是非常令人担忧的问题。如果这些孩子不能正常上课，在家中又没有学习的环境，那么，他们自然无法取得好成绩。长此以往，这些孩子的自信心会受到严重损害，他们会认为自己"不够好"。另外，他们把照护家人放在了自己的人生的首位，这极大地限制了他们在学业和就职上的选择。

记者：关于少年照护者周围的环境，有哪些需要关注的问题？

涉谷：通常，照护家人的孩子被视为"好孩子"。因为我们有着"一家人就要患难与共"的传统观念。所以，这些孩子心甘情愿地长期照护家人，从来没有想过摆脱或逃避艰难的处境。可是，在当今社会中，很少有人去思考这些孩子肩负着怎样的重担，照护家人对他们的人生有着多么大的负面影响。我们不能只是赞美少年照护者两句就万事大吉。

记者：有什么可以帮助他们的方法吗？

涉谷：我们需要创造一个倾听这些孩子心声的环境。很多少年照护者的想法是："不想说关于照护的事情。""说了又能怎样？"老师和校方应当从这些孩子的角度出发，倾听他们的心声，询问他们的状况，向他们伸出援助之手。在英国，政府已经开始建立相关的援助机构。日本的教育、福利机构和其他政府机关也应当相互合作，共同为这些孩子提供援助。

大阪齿科大学副教授滨岛淑惠与涉谷一样，也是一名研究少年照护者的先行者。她对重新统计的数据给予了高度评价。她撰写的评论被刊登在了《每日新闻》的第一版。

"明确少年照护者的人数，对揭示在我们的社会中存在着大量少年照护者的现实具有重大意义。虽然政府对照护者进行了调查，但是，由于少年照护者的照护对象和照护情况复杂多样，很多少年照护者并没有意识到自己承担着照护的重任。另外，14岁以下的孩子并没有包含在调查范围之内，此次调查的数据只是冰山一角。少年照护者的实际人数要多得多。整个社会应给予少年照护者理解。我们必须建立相应的支援体系。"

报纸校样出炉的同时，该篇报道被发布在了《每日新闻》的新闻网站上。雅虎新闻和LINE新闻等媒体均进行了转载。

随后，大量读者来信涌入了用来征求读者阅读体验及意见的电子邮箱。办公室里的电脑不停地发出"叮咚"声，20 封、30 封……邮件的数量以惊人的速度增长着。每一封洋洋洒洒的邮件都洋溢着饱满的热情，很难想象篇幅如此之长的邮件是在短时间内写成的。邮件中，还夹杂着很多曾是少年照护者如梦方醒的"告白"：原来痛苦的不止我一个人啊！

特报部的工作人员原本打算出去喝一杯，为圆满完成了这一阶段的工作举杯庆贺。然而，如此热烈的反响让整个办公室从最初的惊喜渐渐陷入了沉思。大家默默地坐着，只听见收到反馈来电的传真机不时发出尖锐的"哔哔"声。"这下可了不得了。"向畑喃喃道。直到第二天，这样的情况还在持续。

3 月 25 日，由于新冠疫情扩散，东京奥运会和残奥会被推迟一年举行。此时，日本已经进入了樱花飞舞的季节。

向畑正坐在开往大阪的新干线上。重新统计的数据见报之前，他就收到了 4 月份返回大阪社会部的调令。等第一篇专题报道一见报，向畑就急急忙忙地退了东京的租房，向大阪赶去，连和口中、松尾见面道别的时间都没有。

年底的版面本来就十分紧张，加之新冠疫情的新闻报道是重中之重。在这种时候，想在版面上占据一席之地，可谓十分困难。然而，松尾向报社提出申请，希望无论如何在向畑调离东京之前，能刊登至少一篇专题报道的文章。这是向畑后来才听说的。他坐在新干线里心想：回到大阪以后，作为大阪府警察局的案件采访负责人，自己又要忙得团团转了。他拿出手机，给松尾和田中发了一条短信：后续就拜托二位了。入职以来，向畑还是第一次因为工作调动而心存遗憾。

虽然专题报道是一个良好的开端，但是，关于少年照护者还有许多未解之谜。

和向畑一样，成蹊大学的涉谷对重新统计得出的少年照护者的人数也心存疑问。涉谷认为，实际的少年照护者人数应该更多。总务省的就业结构调查没有将14岁以下的儿童列为调查对象。然而，地方团体和相关研究者的调查结果均显示，有大量的少年照护者是14岁以下的中小学生。这一点不容置疑。那么，会不会还有更年幼的少年照护者呢？

另外，总务省的调查问卷中的问题是"是否在照护"。然而，很多孩子并没有意识到自己是照护者。因此，他们在调查中回答了"否"。这种情况也必须考虑在内。

采访组重新统计的数据虽显示了少年照护者的照护频度，但照护内容和照护工作的强度并未被包括在总务省的调查范围之内。

此外，正如田中所担心的那样，调查问卷中使用的是"护理"一词，很多少年照护者承担着"护理"范围之外的照护工作。因此，他们很可能觉得自己并不属于"照护者"。

诸多少年照护者的真实情况依然笼罩在团团迷雾之中。

初中一年级的深夜,漫无目的的游荡

大阪,梅田。

JR 大阪站每天吞吐的客流量高达 85 万人。走出车站的人们一踏入这条西日本最繁华的街道,立刻就被高耸入云的百货公司、外形简洁的办公大楼和杂七杂八的餐馆所散发出来的热闹和混乱包围。这里虽然满目杂乱,却让人感到莫名和谐。一幢幢高楼大厦拔地而起,街道的面貌日新月异。

2011 年 1 月,一对母女在深夜的街头漫无目的地游荡着。

"你要去哪儿啊?"

上初中一年级的北川幸(化名)跟着妈妈美雪(化名)向前走着,

她不知道妈妈要带她去哪里。

母女俩走过了百货公司，走过了公共澡堂，又走过了餐馆。美雪一边自言自语，一边在同一条路上来来回回地游荡。小幸忍受不了行人投来的异样的目光，烦躁地想：妈妈她这是要去哪儿呀？什么时候才能回家啊？好想快点回家啊！

小幸第二天还要早起上学，可是，等她们最后终于回到家时，已经过了深夜 12 点。

"这样的生活什么时候才到头啊？真受不了！"小幸心里充满了绝望。多年以后，她才意识到，身患精神分裂症的妈妈深夜带她外出，是妈妈特有的与她沟通的方式。

小幸在大阪出生，在大阪长大。

小幸上幼儿园的时候，她的父母就分居了。小幸和妈妈一起生活。美雪患病前爱好广泛，喜欢逛街，还参加了小幸学校的妈咪排球队。在小幸眼里，妈妈更像自己的好朋友。她常常暗自欢喜，为自己有一个如此积极向上的妈妈而感到无比自豪。

小幸上小学五六年级时，美雪开始经常在家里昏睡。

上小学六年级的时候，小幸明显感觉到了妈妈的异样。

美雪反复地低声自言自语，还对着空气傻笑，有人叫她也没有反应。她似乎沉浸在自己的世界里。

"妈妈为什么不理我了呢？"小幸满心疑惑。这样的日子一天天多了起来。

年纪尚小的小幸，自然对精神分裂症一无所知。可是，她一直和妈妈生活在一起，不知道该去向谁求助。

小幸上初中以后，美雪的行为愈发怪异起来。以前，不论是洗衣做饭，还是收拾打扫，美雪样样拿手。可是现在，她什么家务也不做。美雪自言自语的声音越来越大，小幸从自己的房间都能清楚地听到。

但是，小幸听不懂妈妈在说些什么。她也不想听妈妈在说些什么。于是，小幸总是躲进自己的房间，戴上耳机，一个人听音乐。

美雪虽然不理睬小幸，但是，有时她会突然对放学回家的小幸说："走，跟我出去。"

她带着小幸去超市，去公共澡堂，还去餐馆。每次出去，小幸都不知道要被妈妈带去哪里。

其实，小幸并不想跟妈妈出去。可她一看到妈妈脸上可怕的神情，就只能乖乖地跟着妈妈出门。小幸记得妈妈以前很爱逛街，尤其喜欢先查好想去的商店和咖啡店。因此，她每去一个地方，都会让人觉得她对那里了如指掌。

美雪经常带小幸去繁华的街区，有时，也带她去郊外。

有一天，美雪带着小幸来到了位于地铁终点站的一个公共澡堂。

这种公共澡堂，一般除了当地人，没有什么人来。小幸跟着美雪，在那里的街上晃悠了近一个小时。

还有一次，美雪带着小幸坐进了一辆出租车。出租车司机问美雪要去哪里，她说了一句"和歌山"后，便不再开口。出租车载着她们来到了两百公里以外的和歌山县川本町。可她们在那里除了走路，就是走路。小幸默默地走在妈妈身旁。美雪一边走，一边自言自语。

虽然没有预订酒店，但是，她们幸运地找到了一家旅馆。小幸觉得，这次旅行丝毫没有"家庭旅行"的快乐和温馨。

美雪决不允许小幸走在她的身后，一定要让小幸走在自己的身旁或者前面。也就是说，小幸不能离开她的视线。就连乘自动扶梯的时候，美雪也让小幸站在自己的前面。这让小幸觉得很不自在。

一起去餐馆吃饭的时候，美雪总是自作主张地替小幸点餐，还强硬地对小幸说：

"你吃这个！"

郁闷的小幸完全没有胃口。可是，无奈妈妈不停地强迫她吃，她只能硬着头皮把食物塞进嘴里。

每次她们回到家的时候，都已经是半夜了。小幸这时候才能开始做作业。她还要洗妈妈不再洗的衣服。等小幸忙完所有家务上床睡觉时，已经是凌晨4点了。

小幸和美雪一起去超市时，小幸要代替口齿不清的妈妈和店员交

经常带小幸去餐馆吃饭的妈妈总是自作主张地给她点诸如牛排等油腻的菜肴。"现在妈妈的身体好多了,可以做饭了。"小幸说。

涉。美雪对购物莫名痴迷,同样的东西一次要买好几个。家里的走廊上堆满了塑料袋,里面全是没有动过的吃的和用的东西,还有——垃圾。美雪不做饭的时候,小幸就从这些塑料袋里翻找即食食品或者点心充饥。

小幸每天穿什么衣服也必须由美雪决定。有时,小幸不得不连续几天穿美雪给她选的运动服。

凌乱的家里扔满了脏衣服。小幸总觉得自己身上粘着脏东西,因此,她每次都要花将近两个小时洗澡。正值青春期的小幸无法忍受自己的身体不够清洁,她更无法理解妈妈的一举一动。

美雪虽然不洗衣服，但是不知为什么喜欢用酒精消毒。小幸的校服上沾满了酒精的气味。如果教室里有同学突然说："好臭啊！"小幸就在心里焦急地想："是我的衣服！怎么办，怎么办？"好在，同学们没有发现是她的衣服散发着怪味。小幸悄悄地舒了一口气。同时，小幸从心里涌出了一股对妈妈的怨恨：都怪妈妈！

由于每天做家务做到很晚，还要花很长时间洗澡，小幸严重睡眠不足。上课时，她经常打盹。渐渐地，小幸跟不上学习进度，考试成绩一落千丈。

美雪的亲戚劝美雪去医院检查一下，美雪却总说自己"没事"，坚决不去医院。虽然小幸想不明白为什么妈妈变成了这样，但是，随着时间的推移，小幸慢慢地习惯了和举止怪异的妈妈朝夕相处的生活。

从小，小幸就被夸奖是个"懂事的孩子"。美雪的行为举止出现异样之后，周围的人也常常对小幸说："你真懂事！"然而，小幸很讨厌别人这样称赞她。

小幸明白大家是在夸奖自己。但是，纵然千万句赞美，也抵不过所有一切被强加在身的恼火和难过。

只有在学校的时候，小幸的内心才能得到些许抚慰。和朋友们的谈笑能让她暂时忘却家中的不快。小幸很少跟朋友们提及美雪的事情。她怕朋友们不知该如何安慰自己，怕自己的倾诉让朋友们为难。况且，学校是唯一一个能让她感到放松、心情愉悦的地方，她绝不能让家里的阴郁笼罩这块"明亮之地"。

然而，美雪对小幸的控制愈演愈烈。

美雪不让小幸自己出门。一个月里有好几天，她都会神情严肃地问早晨准备去上学的小幸："今天不去上学行不行？"有时，小幸只是去一下附近的便利店，刚一打开门，美雪就飞奔过来，大声叱喝："你干什么去?!"

朋友们约小幸出去玩，小幸总是拒绝。

每次都拒绝热情地约自己出去玩的朋友们，小幸觉得非常不好意思。所以，她对这几个朋友简单地说了家里的情况。

小幸特别羡慕能穿着喜欢的衣服、无拘无束地和朋友们逛街的同学。"为什么只有我不行？"小幸心里极为苦闷。有一次，她谎称学校有课外活动，跟着同学们一起去了卡拉OK。这是小幸在中学时代唯一一次和朋友们一起出去玩。

每次小幸放学回家稍微晚一点，就会遭到美雪的严厉训斥："你去哪儿了？"就连小幸在放学回家的路上，顺便去一下药店也被美雪严令禁止。为了不让美雪发现，小幸只好扔掉购物袋，把买的东西藏在书包里带回家。冬天，学校因为流感闭校。小幸发了高烧，美雪却不允许她去医院。

尽管如此，美雪还是会去学校参加小幸的家长会。家校面谈的时候，美雪一直在自言自语。小幸装出和妈妈说话的样子，拼命地掩饰着妈妈怪异的举动。

放学回家的路上，有时小幸偷偷用公用电话给住在附近的外婆打电话求救。外婆担心外孙女的身体，经常代替已不下厨房的美雪给小幸做些便当。

外婆在日记里记录下了小幸每次打来电话求救的内容：

"2011 年 1 月 20 日　连休的三天里被带去了百货公司、温泉和餐馆，每天夜里快 12 点才回到家。"

"怎么办啊?! 妈妈总是自言自语、大笑，还很大声地吼着强迫我吃东西。"

"2 月 24 日，小幸没去学校。让我给她的班主任老师打电话，请老师务必要求她去上学。"

根据小幸外婆的日记，当时小幸母亲对待小幸的情况如下：
不让小幸上学 / 不让小幸学习 / 不让小幸和朋友玩儿 / 完全不理睬小幸的意愿 / 对小幸视而不见 / 带着小幸四处乱逛，直到深夜

2011 年 2 月 27 日，发生了一件让小幸至今记忆犹新的事情。

那天夜里 11 点，小幸被美雪带到位于梅田的一家餐馆。美雪自

作主张地给小幸点了一份牛排。在强势执拗的美雪面前，小幸别无选择，只能拿起了刀叉。可是，她刚把肉送到嘴里，一阵恶心突然袭来。

坐在小幸对面的美雪却不断地催促着，逼迫快要呕吐的小幸把牛排吃下去。

就在这一瞬间，小幸心里紧绷了很久的弦"嘣"的一声断了。

"我再也受不了了！快来帮帮我！"

小幸背着妈妈，用手机给与妈妈分居的爸爸，还有亲戚们发了短信。小幸至今还记得，赶来接自己的爸爸冲着妈妈愤怒地咆哮的情景。

外婆带着小幸到区政府和儿童问题咨询中心寻求帮助，但是，这些地方除了建议"让母亲住院治疗"之外，根本提供不了任何帮助。

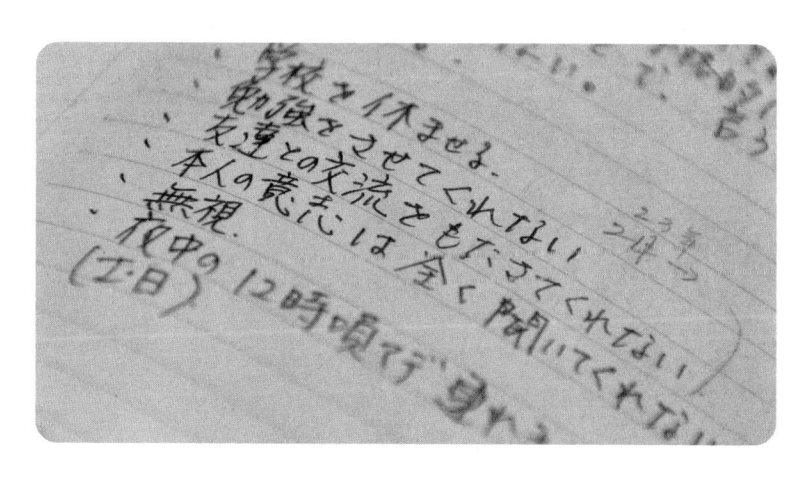

在小幸外婆的日记里，记录着当时小幸母亲的情况：不让小幸上学 / 不让小幸学习 / 不让小幸和朋友玩儿 / 完全不理睬小幸的意愿 / 对小幸视而不见 / 带着小幸四处乱逛，直到深夜。

小幸无语地想:"就是因为妈妈不去医院,我们才来寻求你们的帮助呀!"

小幸实在忍无可忍的时候,曾不管不顾地骂过妈妈几次"你真恶心"。可是,每次话一出口,小幸都觉得心如刀绞。她觉得,自己应该是唯一一个能从内心真正原谅妈妈的人。

面对曾经和蔼可亲的妈妈,小幸的心里既充满着关爱,又夹杂着厌恶。这两种感情相互纠缠,无时无刻不让她内心矛盾不已。

小幸初中毕业前夕,家里的亲戚们经过协商,决定把美雪送进医院。那天早上,妈妈家的亲戚们来到小幸和妈妈的家,把奋力抵抗的美雪强行塞进车,带去了医院。小幸不忍心看妈妈被带走时拼命挣扎的样子,在亲戚们上门前,早早地走出了家门。不过,小幸的心里确实也拂过了一丝终于摆脱了母亲的轻松感。

美雪被诊断为"精神分裂症"。小幸之前从来没有听说过这种疾病。她找来书,开始仔细研究妈妈的病。

上高中以后,小幸搬到了外婆家。她终于自由了!她自由地学习,自由地参加学校的课外活动,自由地和朋友们出去玩。

美雪经过几次住院治疗,病情逐渐好转。小幸又搬回去和母亲住在了一起。她像是要把以前失去的时间全部追回来似的拼命学习,如愿以偿地考上了大学。

有一天,小幸翻看初中毕业留念册时,发现有一张班级合影里竟然没有自己的身影。

"哦?"

"哦!那天,妈妈没让我去上学。"

小幸从 2020 年年初开始,接受了几次采访组的采访。采访时,采访组问了她这样一个问题:

"现在,你怎么看你妈妈当时的行为举止?"

小幸的回答是:

"我觉得,我妈妈是一个特别好强的人。虽然她不能给我做饭,但是,她带我去外面吃。她还带我去公共澡堂。现在回想起来,当时我妈妈应该是在努力地尽着自己做母亲的义务。"

如今,小幸已经长大成人。尽管她经常对朋友说"一定要按照自己喜欢的方式生活"。可是,在她的心里,却根植着"自己和妈妈不可分离"的想法。

"我很想和我妈妈聊天,可又无话可说。小时候,我和我妈妈特别亲密。后来,她就病了……我觉得是疾病把我和妈妈活生生地撕开了。如果妈妈没有生病的话,我们一定是一对普普通通、关系亲密的母女。"

小幸望着大阪·梅田繁华的街道。她曾经被妈妈带着在这里游荡至深夜。那时,小幸总是强压着内心的不满:妈妈这是要去哪儿呀?什么时候才能回家啊?好想快点回家啊!

由于小时候和妈妈一起在餐馆吃饭的经历,小幸直到现在也不喜欢去餐馆吃饭,更不喜欢和别人一起用餐。

不过,小幸对妈妈一点儿也不怨恨。

"一切都无法预料。不能埋怨,只能接受。我接受这样的现实。"

2020年春天,上硕士研究生的小幸开始了一个人的生活。是小幸自己决定从家里搬出来的。她对自己的未来以及将来想组建一个怎样的家庭等问题深思熟虑后,做出了从妈妈身边离开的决定。

当时正值新冠肆虐,小幸上了近一年的网课。这和她心中憧憬的大学生活完全不一样。不过,她开始去打工,也谈了恋爱。小幸说:"刚开始一个人生活的时候,我很害怕出门。现在差不多已经习惯了。"

小幸在大学主攻的是"少年照护者研究"。

小幸认为，尽管很多少年照护者成年之后不再需要照护家人，但是，照护的经历给他们内心留下的阴影很难散去。她说：我关注的是那些孤立无助的人，我想为他们尽一份自己的绵薄之力。

第二章

孤立无援的孩子『让人心疼』

受制于新冠疫情

"虽然不易,但是政府呼吁大家自觉减少外出,并且,将与他人接触的机会降低七至八成。政府要求原则上居家办公。大家必须意识到自己可能是感染者。请务必避开人多的地方,与他人保持一定距离,并戴好口罩,防止飞沫传染。"

2020 年 4 月 7 日,日本首相安倍晋三表情忧虑地召开了新闻发布会。

新冠病毒已在日本扩散。同一天,日本政府根据新修订的甲型 H1N1 流感等对策的特别措施法,向东京、大阪等七个都、府、县发出了紧急状态宣言。安倍晋三呼吁公众保持社交距离,实施远程办公。

被列入紧急状态地区的知事,除了要求公众减少外出,还实施了限制学校的上课时间、限制商店和公共设施的开放时间等措施,甚至,下令关闭学校、商店及公共设施。一系列举措使人民的生活受到了极大的影响。4月16日,紧急状态宣言的范围扩大到了日本全国。

新冠疫情彻底改变了媒体"与人见面交谈"的传统采访方式。4月17日,每日新闻社宣布了四项记者采访时必须遵守的规定:

① 进行面对面采访时,必须佩戴口罩,并且保持社交距离。避免"三密"(密集、密闭、密接)场所,尽量在空旷的空间进行采访。

② 为响应紧急状态宣言中"将与他人接触的机会降低七至八成"的目标,必须更多地使用电话、邮件、短信等采访方式。

③ 报社将限制来社工作的员工人数,以推进远程办公。但是,此举不得影响采访、报纸制作、网站新闻编辑等工作。同时,必须尽力满足读者的"知情权"。

④ 紧急状态结束后,本规定依然在短期内有效。报社将密切关注疫情变化,对本规定做出及时、合理的更改。

满足读者的"知情权"与为防止新冠病毒传染而制定的一系列限制采访的规定,犹如驾驶中踩油门的同时踩刹车。报社的很多记者,包括资深记者在内，都陷入了无法与采访对象见面的窘况。

少年照护者采访组所属的特报部也不例外。大家轮流到办公室上班，尽可能待在家里办公。很多惯有的采访方式，如突袭采访、饭局采访、（为见到白天无法约到的采访对象采取的）夜堵／晨追采访都不再适用。上述任何一种采访方式，都可能被上司指责为"不顾新冠病毒传染的疯狂采访方式"。

然而，坐在家里阅读资料，或通过电话、网络访谈，完全无法达到面对面采访的深度。很多报道中的精髓都是记者在与采访对象闲聊时抓取到的。仅凭面对屏幕的尴尬对话，很难生成一篇精彩的报道。整个特报部的气氛沉闷压抑，少年照护者采访组尤甚。少年照护者的照护对象不是极易感染新冠病毒、成为重症患者的高龄者，就是重病缠身的患者。在这种情况下，想找到更多的采访对象，可谓难于上青天。

每天都在家办公的田中裕之苦闷地盯着向畑泰司给他发来的邮件。向畑早在春天的时候就已经离开了采访组。

"今后这个项目就转交给您了，请按照您喜欢的方式放手去做。如果有什么能帮上忙的，我一定尽力而为。"

向畑和田中在紧急状态宣言发布之前，讨论过专题报道的版面布局。采访组组长松尾也根据他们的讨论结果，向编辑部提交了后续采访工作的计划方案。然而，新冠疫情暴发之后，关于疫情的消息占据了包括《每日新闻》在内所有报纸的版面。与新冠无关的报道几乎没有见报的机会。尽管在新闻网站上，从3月24日开始，连载了五篇原少年照护者的故事，但是，这些文章全被淹没在了新冠疫情新闻的惊涛骇浪之中。

4月中旬，田中接到了松尾的电话。

"5月5日儿童节，计划刊登一版关于少年照护者的特别报道。"松尾在电话里说。

"啊，终于等到这一天了！"惊喜万分的田中立即回答道，"就这么定了！"

由于黄金周的版面空出了两页，编辑部内部决定刊登少年照护者的特别报道，重点介绍3月份以来报社收到的读者来信。松尾指定由春天时加入采访组、取代向畑的山田奈绪执笔。

山田奈绪在加入采访组之前，和田中之间还有过一点儿小小的摩擦。

2019年12月4日，采访组刚成立不久，田中在位于东京北千住的一家咖啡馆里，采访了一位少年照护者的支援者——"照护者行动网"（CAN）的董事长持田恭子。持田恭子和山田不仅有着工作上的关系，而且私下也是好友。CAN是一个为残疾者的兄弟姐妹提供交流机会与援助的团体。持田有一个年长自己两岁、患有唐氏综合征和智能障碍的哥哥。

采访结束后，持田问田中："我刚才碰到了每日新闻社的山田奈绪。你们是一起来采访的吗？"

田中回答说："不好意思，我不知道她也来了。我们不是一起来的。"

那时，田中和山田并不熟悉，他只知道山田和自己同属每日新闻社东京总社，是社会部的记者。

不过，以此为契机，田中联系了山田，约她12月18日在东京总社附近一家酒店大堂的咖啡店见面。

见面后，田中才知道山田有一个患有智能障碍、精神疾病且失聪的妹妹。山田和妹妹一起生活。山田和持田是通过一个她俩共识的朋友介绍认识的。由于家庭状况相似，山田和持田有不少共同的话题，两人很快成了好朋友。认识持田的第二年，山田还写了一篇关于CAN的报道，刊登在《每日新闻》（东京版）上。

"我想写一篇关于少年照护者的报道。能请你给我一些建议吗？"

田中向既是记者又是照护者的山田征求意见。

"我的想法是抛开刻板印象，不要把他们的故事写成悲剧。把想呼吁大众去做的事情整理好，通过《每日新闻》传递给大众就好。"

田中是山田的后辈，可山田对他说话时的措辞十分客气，显得颇为冷淡。山田并不看好少年照护者的报道，并且，非常怀疑报道少年照护者的意义所在。她认为，不顾少年照护者的感受，一味地强调他们是"多么可怜的孩子"，这种老套的文章不写也罢。加之，她对"少年照护者"这个术语也略有抵触。因此，山田对报道少年照护者表现得非常消极。她对田中直言不讳地说，自己写不了关于少年照护者的文章，因为会不由自主地代入过多的个人主观情绪。两人不欢而散。

然而，无巧不成书。第二年4月，山田因人事变动调到了田中所在的特报部。

田中邀请山田共进午餐，向她说明了少年照护者专题报道的企划，并邀请她加入采访组。其实，早在3月23日，在东京总社地下室的一家小酒吧里，采访组的组长松尾也向山田发出了加入采访组的邀请。

山田接受了邀请。

读者来信

3月22日，《每日新闻》早报上，报道了关于全日本15~19岁少年照护者人数重新统计的结果（约37,100名）。随后，报社收到了大量通过电子邮件、信件和传真发来的读者来信。很多读者在信中写到"自己也是如此"，并且，倾诉了苦痛的个人护理经历及对家人和相关专家的不满。

在众多的读者来信中,田中注意到了一名实名投稿的年轻人——井上耀仁(28岁)。这名年轻人在投稿中,叙述了自己照护患有早发性认知障碍[1]的母亲的经历。田中向他发出了视频采访的请求(由于新冠疫情,他们不得不使用并不熟悉的视频会议软件ZOOM)。井上欣然同意了田中的采访请求,他说:"如果我的经历能帮助到其他人,那是最好不过的。"

出现在电脑屏幕上的井上回顾了自己照护母亲的经历。

"那时,还没有'少年照护者''社区'等词语。我上学的时候,由于承受不了母亲病情不断恶化的现实,精神崩溃了好几次。"

一切都始于井上上初中一年级的那年。2004年,井上47岁的母亲圭子开始变得健忘。家里人觉得,圭子的健忘可能是因为她进入了更年期。2006年,井上的父亲阳之亮因工作调动,独自搬去了神户。川崎的家里只剩下了井上和母亲两个人。他们在一起单独生活了6个月。

圭子的健忘慢慢发展到了忘记日程和迷路的程度。每当她因此沮丧的时候,井上总是安慰她说:"不用太担心。这只不过是暂时的。"

那时,圭子是一名日语教师。她经常比约定日期提前三四天跑去

---

[1] 早发性认知障碍,指在65岁之前发病、影响日常生活能力的获得性认知功能障碍。

给学生上课。见不到学生，就第二天再去。总是空跑一趟的圭子没精打采地回到家后，不停地嘀咕："学生为什么不来上课呢？"很快，圭子陷入严重的自我怀疑与否定，成天郁闷不已。井上发现，圭子的行为越来越"怪异"。于是，父亲把圭子接去了神户，井上被送到了祖母的家里。

从那以后，井上每隔几周才能见母亲一面。每次见面，井上都觉得母亲的病情又加重了。原以为母亲的病很快就能治好的井上，因无法接受现实内心崩溃，患上了恐慌症和自主神经紊乱，不得不放弃了大学入学考试。

在采访中，井上最想说的，是 2012 年他和父母一起去泡温泉的路上发生的一件事。

一路上，圭子不停地絮絮叨叨，说着莫名其妙的话。井上实在忍无可忍，对着母亲喊道："你烦不烦啊！别说了！"

父亲沉默地看了井上一眼，似乎在说："差不多得了。"父亲的眼神里满是对患病的妻了的放弃，以及得到儿子理解的期待。"治不好了！"当井上从父亲的目光中明白了这一点时，不禁号啕大哭。他整整哭了四五个小时。事后，井上觉得这次爆发让他流尽了自己一生所有的泪水。然而，哭过之后，井上反倒坦然接受了一切。他重新鼓起了继续向前的勇气。

圭子渐渐变得行动不便，于是，井上开始照顾母亲的饮食起居。

不过，因为有父亲和祖父、祖母的帮助，井上说自己不能算是一个"孤立无援的少年照护者"。

2017年11月，圭子因肺病去世。随后，井上留学美国。大学毕业后，他顺利地找到了工作。现在，他还加入了一个由父母患有早发性认知障碍的人组成的组织。

在给采访组的第一封邮件中，井上写道：

"今天的我，做着一份普通的工作，过着普通人的生活。然而，在这个世界上，还有许多少年照护者在苦苦地挣扎。他们渴慕着我现在拥有的正常人的普通生活。（中略）随着出生率的下降和人口的老龄化，子女照顾父母的问题已然成为当今的社会问题。但是，在各大媒体中，很难找到关于少年照护者的报道。如果能将少年照护者的问题作为被人们忽略的社会福利问题之一，挖掘其深度，追究其本质，作为一名原少年照护者，我将感到万分庆幸。"

除井上之外，还有许多原少年照护者给采访组发来了信件。在信中，他们述说了自己在上小学、中学时照护家人的经历、无法向周围人倾诉的苦闷，以及现在依然看不到未来的悲观等。一封封长信的内容无不触动人心，发人深思。由于新冠疫情的影响，采访组对他们的回访全部采用了 ZOOM、电话或邮件的方式。

三重县一名 33 岁的女性在十几岁的时候，不仅需要照护小自己一岁、患有脑积水的妹妹,还要照护患有老年抑郁症的祖母。这名女性的父母均患有疾病,因此,照护的重担全部压在了她一个人身上。每天除了上学,她还要给妹妹做饭、洗澡、换衣服,她经常思考的一个问题是"自己怎样才能不痛苦地死去"。不过,"因为学习是一分耕耘,一分收获的事情,所以,我用学习来调节自己的心情。另外,朋友们的友情也是支撑着我活到今天的动力"。

福冈县一名35岁男性的父亲患有脑瘫,母亲患有小儿麻痹症,妹妹患有不治之症。他从记事的那天起就在帮忙做家务。由于不能兼顾学校的学习和照护家人,他患上了焦虑症。"没日没夜地照护家人的生活让我痛不欲生。不知道人们是否能够想象,在这世上还有像我家这样的家庭。"他在信中写道。

在读者来信中,也有来自被照护者的信件。一名自称"半身不遂坐轮椅的人"的读者在信中写道,每当上中学的两个女儿帮自己洗澡的时候,他的心中总是充满了"自己剥夺了她们的时间的罪恶感",因此自责不已。"为什么家人向我伸出的援助之手,反而成了我的负担?"在这封读者来信的字里行间,透露着无尽的悲哀。

一名女性在上小学三至五年级期间,因照护患有认知障碍的祖父和祖母，无法正常到校上课。有时就算去了学校，也只待在学校的保健室，不愿去教室上课。她在写给采访组的信中说："特别高兴能在报纸和网上看到关于少年照护者的报道。"现在，她已经成了一名大学生，正在根据自己的经历写如何援助少年照护者的毕业论文。

有些读者在来信中还提到了在照护家人遇到问题时，不知该向谁求助，以及在学校被同学孤立等痛苦的经历。有些读者提出，应当根据照护的具体情况，为少年照护者提供援助服务信息，并且，通过学校的教育加深孩子们对少年照护者的了解和理解。也有些读者强调，应当创建供少年照护者分享烦恼、相互帮助的"场所"。一名50岁的女性读者在来信中说，她的父亲在她读小学三年级时中风，导致完全失明，并患上了脑高级功能障碍。她和母亲、弟弟忙于照护父亲，完全没有时间去查找关于援助服务的信息。因此，她希望学校、医院和护理机构能够提供更多的相关信息。

一名女性读者的父亲在她14岁时失明，从那以后，这名女性就开始帮着照护父亲、做家务。成人后，她才明白收集相关信息、建立人际关系对照护者来说何等重要。她在来信中说："小孩子是不懂这些的。"因此，她呼吁加强学校教育："应该从小学高年级开始为孩子们开设相关课程，学习有关人寿保险制度、互助的重要性、出现何种状态的人需要照护等知识。"

另一名女性读者（28岁），在19~25岁照护患有多发性骨髓瘤的母亲期间，得到了同样在照护父母的朋友的鼓励。她在来信中强调了"分享烦恼"的重要性，称"分享烦恼"是避免孤独无助的灵丹妙药。她写道："那时，如果没有我的这位朋友，我会更加无精打采，我的生活会更加暗无天日。"她以"依偎之心"为名，在博客上讲述自己作为少年照护者的经验与体会，希望能够提醒和帮助年轻人。但是，关注她博客的粉丝大多是四五十岁的人，或者是福利机构工作者，很少有年轻人对她的经历感兴趣。为此，她感到十分沮丧。

采访组收到的读者反馈中，不乏少年照护者的家人及福利机构、教育工作者的来信。他们对少年照护者的身心健康表示同情，期待能看到更进一步的报道，其中很多父母对少年照护者承受的压力感到忧虑。

一名丈夫因车祸卧床不起的女性在信中写道，他们上小学和上高中的孩子都在帮她照顾着丈夫："全靠孩子们的努力，才能让我们一家人聚在一起。"

一名儿子患有重度智力障碍的女性读者在来信中明确表示：绝不

想让年幼的孩子承担照护重任。

大阪市一名 43 岁的女性读者是三个孩子的母亲。她的二女儿患有染色体异常的疾病。她在来信中表示："不应该把'少年照护者'看作'可怜的孩子'。只要身边有理解且帮助自己的人，照护家人的孩子就能接触到多种多样的思维方式，也能收获更多的快乐。"这名女性的其他两个孩子一直在帮忙，如帮她给患病的二女儿穿衣服、洗澡。这两个孩子经常参加为残障人士的家人举办的聚会。在聚会上，他们和同龄人交流、与援助者互动。她在信中说："正因为有了患病的二女儿，我和孩子们才有幸结识这些人。"少年照护者的负担是否过重，很可能取决于他们与周围人的关系。

一名在大学担任兼职教师的女性读者，在来信中讲述了自己的一名学生的故事。她的学生在听了一个关于酗酒的讲座后，才意识到自己的母亲在酗酒。这名学生从上小学的时候就经常照顾下班回家时喝得烂醉，有时还失禁的母亲。这名教师在信中说，看着这名学生，她不禁担心，也许还有很多孩子因缺乏对依存症、认知障碍等疾病的了解，不得不独自承担着照护亲人的重任。

一名在本州中部地区从事学校社会工作的女性读者（50 多岁）

在来信中表示，让她感到万分沮丧的，是"因照护家人而无法上学的孩子明明被剥夺了学习的权利，学校却只将他们视为帮助家人的'好孩子'，不采取任何援助措施"。她在来信中希望，采访组能够从保护儿童权利的角度进一步深入报道。

一名来自东京的女性读者（72岁）在一次智障人士家庭聚会上，认识了一名少年照护者。她在来信中写道："教育和福利严重脱节。我们必须建立学校与福利机构、医疗专家的合作关系及体制，以便学校在发现照护家人的孩子出现异常行为时，能够和福利机构及医疗专家通力合作，共同应对。"

以上读者来信的内容被刊登在5月5日的早报上，足足占了左右两个版面。标题极为醒目：《请援助与了解为家庭负重的孩子》。

这是采访组距上一组报道见报后，隔了很久才在报纸上刊登的文章。针对大量读者的热情反馈，大阪齿科大学的滨岛淑惠再次发表了评论。她在评论中说：

"之所以有这么多原少年照护者投稿分享经验与想法，是因为他们没有其他地方能毫无顾忌地倾诉自己的家庭问题和照护情况。他们渴望被理解。从他们的反馈中，我再一次感受到了他们的孤立无援。

我的研究结果发现，许多照护者并没有意识到照护家人给他们的生活带来了怎样的负面影响。我想，很多人在阅读报道之后，才猛然发觉自己曾经也是一名少年照护者。我们应当正视少年照护侵犯了儿童权利这一事实，不能只是把少年照护者美化为'乐于帮助家人的好孩子'就若无其事。由于新冠疫情的影响，关闭学校、非必要不外出等规定都将少年照护者推向了更加孤独无助的境地。这种状况十分令人担忧。"

读者来信特辑见报 20 天后，即 2020 年 5 月 25 日，紧急状态终于被完全解除。

6 月 23 日至 27 日，《每日新闻》早报连续报道了谷村纯一、北川幸（均为化名）等五位原少年照护者的生活经历。3 个月后，该系列报道在《每日新闻》的新闻网站上登载。此时，日本全国已从最初对新冠病毒的惊恐中慢慢冷静了下来，各大媒体上也渐渐出现了除新冠疫情之外的新闻报道。

8 月，连续执政七年零八个月、在日本历史上执政时间最长的安倍因身体健康状况恶化，宣布辞去首相职务。面对来势凶猛的新冠疫情，安倍政府一直陷在困顿之中。相关人员猜测，安倍很可能因压力过大,才导致慢性疾病再次发作。9月,曾任安倍政府官房长官[2]的菅义伟接任了首相一职。此时,谁也没有料到,疫情很快再次暴发。第二年年初,政府被迫发布了第二次紧急状态宣言。并且,在2021年4月和7月,再度两次发布紧急状态宣言。

政府对少年照护者实际情况的调查,以及为少年照护者提供援助等工作迟迟没有进展。

2019年3月,政府召开了参议院预算委员会议。参议院议员(无党派人士)药师寺道代在会上提出,政府应援助家人照护者。然而,安倍的回答相当平淡:

"整个社会对需要照护的人及其家人的支持至关重要。照护者获得整个社会的支援需要一个恰当的时机。政府需要仔细研究采取哪些措施,才能促成这一时机的到来。"

乍一看,安倍的回应似乎非常积极。其实,这只不过是官僚老爷们惯打的官腔。从安倍的回答中,不难读出政府无意支援的言外之意。

参议院议员牧山弘惠(立宪民主党)也上书参议院,提出了同样的建议。2020年2月,政府内阁会议对此做出的回应也相当冷淡:"政府将根据调查结果,采取必要的措施。"

---

[2] 官房长官相当于日本政府秘书长,是日本内阁中仅次于内阁总理大臣(首相)的职位。

在新冠疫情盛行时期加入采访组的山田，从自己感兴趣的话题——照护患有精神疾病家人的少年照护者入手，开始了采访工作。山田从向畑和田中的采访笔记中，窥见了世人对照护的偏见。公众对家人照护的理解，依然停留在推推轮椅、上厕所时搭把手等协助上。

由于政府发布了紧急状态宣言，山田的采访工作受到了极大的制约。她只能通过电话或网络采访相关学者及某些民间援助团体。接受山田采访的团体之一，是位于埼玉市的一个叫作"Aluha"的非营利组织。该组织致力于向精神疾病患者的家人，特别是患者家中的未成年儿童提供援助信息。当时，他们的举动在日本非常罕见。

为了防止少年照护者因疫情无法出门，心理压力增大，Aluha特别开设了舒缓心理压力的专题网页。4月25日，山田对Aluha的专访在《每日新闻》的新闻网站上发表。山田重点报道了Aluha特别创建的舒缓心理压力的专题网页。该专题网页列出了18个如何舒缓身心压力的小贴士，如"对自己说暖心的话""写出如何缓解压力的方法""与某人联系"等。为了便于小孩子理解，每一种小贴士都被配上了插图。他们还在网页中特别强调了照护者独处的重要性，建议照护者适当地离开患病的家人，去散步或去公园坐坐。

山田通过对相关学者的采访发现，医疗工作者、学校的社会工作人员及学校的护士都是发现和援助少年照护者的关键人物。由此，她梳理出了下一步报道的思路。

采访少年照护者的工作艰难地进行着。当时,在日本的媒体上,专题报道还很少见。因此,采访组的记者们很有一种"孤勇者"的心境。

2020年8月11日,也就是在5月份读者来信专题报道见报后3个月,又一篇采访组的报道《照护少年占比16% 全国护理经理调查》登上了《每日新闻》早报的头版。

"护理经理"是提供、管理护理服务的经理的简称,是为需要护理的患者及其家人提供咨询,并为其制订护理保险服务计划(护理计划)的专业人士。该职业因2000年护理保险制度的制定应运而生。截至2019年,日本全国大约有708,000人拥有护理经理资格。截至2017年,实际从事护理经理工作的人数达197,230人。护理经理有义务每个月与其负责的家庭进行一次面谈。因此,他们很可能对所负责的家庭状况,特别是对未成年人参与家人照护的情况了如指掌。

采访组与主要从事医疗保健服务及居家照护服务的Internet Infinity公司(东京都品川区)合作,对全日本护理经理是否负责过有少年照护者的家庭进行了调查。此举是针对反应缓慢的政府,通过对全国护理经理实施大规模调查来掌握少年照护者的实际情况的尝试。

Internet Infinity公司经营着一个面向护理经理的网站——护理经理网,约有92,000名护理经理为该网站的会员。采访组于2020

年6月5日至15日期间，在该网站针对其会员实施了问卷调查。调查问卷由采访组制作。

此次调查的结果显示，16.5%参与调查的护理经理曾负责过"有与大人共同照护患病家人的孩子"的家庭。

不出采访组所料，许多护理经理在调查中都指出：参与家人照护对少年照护者的学业和身心健康产生了不良影响。高达96.4%的受访护理经理认为，患者家人"没有得到足够的援助"。

在参与调查的1,303名护理经理中，回答曾经负责的家庭中有少年照护者的人数为215人，占比为16.5%。出现在报道的标题中的数字正来源于此。

另外，从护理经理对"最令人印象深刻的少年照护者"的回答中可知，少年照护者的男女比例大概为女性占六成、男性占四成，也就是说，在少年照护者中女性较多。关于少年照护者的年龄段，回答"高中生"的最多，为88人；回答"中学生"的为47人；回答"18岁以上"的为43人；回答"小学生"的为34人。除此之外，竟然有3名护理经理的回答为"学龄前儿童"，令

参与本应父母承担的照护工作的少年照护者

没有参与 55.9% ／ 参与 44.1%

最令人印象深刻的少年照护者情况如下：
※回答"参与了"的215人中

照护对象（多项选择）
兄弟姐妹 4人
其他 1人
父亲 28人
祖父 49人
祖母 101人
母亲 78人

年龄段
学龄前3人
小学生 34人
高中生 88人
18岁以上 43人
中学生 47人

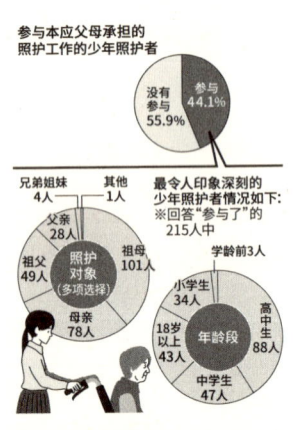

每六名护理经理中，有一名曾经负责的家庭中"有少年照护者"，占全体比例16.5%。

人瞠目结舌。

关于"照护对象"(多项选择),回答"祖母"的将近一半,为101人;回答"母亲"的为78人;回答"祖父"的为49人;回答"父亲"的为28人。针对照护对象为"祖父母"的占比较大这一结果,采访组推测其原因是,护理经理负责的大多数家庭为有65岁以上的老年人的家庭。

关于"孩子承担照护工作的理由"(多项选择),最多的回答为"父母生病、住院、残疾或患有精神疾病",人数高达76人;回答"父母因工作不能全职照护"的为67人;回答"没有其他人照护"的为62人;回答"单亲家庭"的为45人。有些护理经理在调查问卷中写道:父亲因工作不在家,不得不由孩子照护患有精神疾病的母亲。由此可见,家庭环境是出现少年照护者的主要原因之一。

关于"照护内容"(多项选择),回答"做饭、打扫卫生、洗衣服等家务"的人数最多，为131人；回答"协助饮食、穿衣、行动等"和"购买日常用品、修理家中用品、搬运重物"的均超过100人。

此次调查旨在探究少年儿童参与"本应由成年人承担的家人照护工作"的问题。致力于援助家人照护者的日本照护者联盟将少年照护者定义为"承担成年人应尽的责任的少年儿童"。由于人们普遍认为"孩子帮忙干点家务无可厚非"，在此次调查中，采访组限定了调查对象，即承担的照护内容远远超出一般意义的"帮忙做家务"的未成年儿童。上述调查结果均为针对被限定对象的调查结果。

另外，此次调查的结果还表明，数十名少年照护者承担的照护内容接近专业照护，如身体上的护理、情感上的抚慰、吸痰等医疗方面的护理，以及寸步不离的守护等。一名60多岁的护理经理在调查中透露，有一个孩子帮忙照护的祖父，身体状况竟高达5级护理需求。从换尿布、翻身到洗澡，这个孩子承担的照护内容极为繁杂。

关于调查项照护"对生活的影响"（多项选择），回答的内容多种多样。对学业方面的影响，较多的回答有"无法正常到校上课"（51人）、"无法参加学校社团活动"（48人）、"学习成绩差"（30人）等。另外，关于对身心健康方面产生的影响，41人回答"情绪不稳定"，33人回答"感到孤立无援"，31人回答"个人卫生差"，27人回答"营养不良"。

更为严重的问题是，有些少年照护者的未来人生因年少时照护家人而被迫改写。调查问卷的结果显示，23 人"放弃升学"，18 人"无法就业"。一名 40 多岁的护理经理在问卷中写道：少年照护者不但失去了学习的机会，而且无法正常交到朋友。因此，他们在成年后难以顺利地融入社会。形只影单、孤独无助的他们非常令人担忧。他感慨道：少年照护者在结束对家人的照护后，可谓一无所有啊。

采访组还在问卷中设置了关于少年照护者是否受到了新冠疫情影响的问题（多项选择）。据回答，孩子们受到的影响主要为："护理疲劳／压力增大"（82.5%）、"焦虑、与家人争吵次数增多"（72.2%）、"因学校停课／非必要不外出，孤独感增加"（71.1%）。

建议向护理经理发送调查问卷的，是 2020 年春天离开采访组的向畑泰司。

2016 年，向畑参与家人照护系列报道的采访工作时（向畑正是在这次工作中，第一次接触到了"少年照护者"一词），曾对全国护理经理进行了调查，该调查的内容并不仅限于少年照护者。调查结果于 2016 年 2 月刊登在了《每日新闻》（大阪版）的头版。当时协助向畑调查的，就是在上文中提到的 Internet Infinity 公司。

2020 年 1 月 31 日，还没有调离采访组的向畑带着同事田中裕之，拜访了位于 JR（日本铁路公司）大崎站前的 Internet Infinity 公司。他们希望能够邀请该公司的护理经理网站的会员一同进行少年照护者调查。Internet Infinity 公司网站编辑部的多朵正芳一边认真地听，一边飞速地记着笔记。当向畑发出邀请后，她即刻一口答应了下来。因为春天向畑就要调离采访组，所以他将与护理经理合作的工作移交给了田中。

针对少年照护者的调查几乎没有先例。2019 年 4 月，厚生劳动省对全国"需保护儿童对策地区协会"（该协会负责处理虐待儿童等问题）进行了调查。该调查的结果显示，虽然"需保护儿童对策地区协会"站在与少年儿童接触的第一线，但是，了解"少年照护者"这一概念的协会竟然不到三成（27.6%）。尽管媒体记者在调查时常用的手段之一，是通过地方政府进行调查，但是，采访组深知政府部门缺乏解决问题的意识，因此从一开始，他们就打消了这样的想法。

日本照护者联盟 2015 年针对新潟县南鱼沼市、2016 年针对神奈川县藤泽市的教师实施了调查。从调查结果可知，南鱼沼市 25.1% 的教师、藤泽市 48.6% 的教师"接触过似乎是少年照护者的儿童/学生"。这两次调查的结果，似乎能够作为护理经理调查的参考。因此，采访组以这两次调查的结果为基准，制作了以护理经理为调查对象的调查问卷，并且，聘请成蹊大学的涉谷智子监督此次调查。

涉谷研究少年照护者的起因，在其著作《少年照护者 承担照护重任少年/青年之现实》中有所描述。

"有一段时间，我因为无法平衡育儿和事业而倍感焦虑。我看不到工作的前景，也解决不了家庭的矛盾。恰巧那时，我邂逅了少年照护者。内心情绪极不稳定的我与少年照护者产生了共鸣，进而萌生了研究少年照护者的兴趣。"

涉谷曾在大学做兼职教师，同时，她也是两个年幼的孩子的母亲。每天早晨，出门上班之前，涉谷不仅要查看电子邮件，还要给孩子们穿衣、喂饭。一周有一半的时间，她必须在晚饭前赶回家，做饭、洗衣服、给孩子洗澡。等把孩子们哄睡以后，她才能打开电脑，工作到深夜。涉谷几度因为过度劳累病倒，不得不减少撰写论文的数量和参加研修会的次数。涉谷说："我一直在努力地平衡着家庭和工作。对我来说，家庭和工作都至关重要。可是，如此弥足珍贵的两样东西，却时常让我左右为难。不堪重负的我，常常感到痛苦万分。"

在焦虑、痛苦之时，涉谷阅读了一本关于英国少年照护者的访谈集。这本访谈集记述了少年照护者在亲情和对未来的担忧之间痛苦挣扎的状况。涉谷从他们身上，看到了自己的身影。

田中也在工作的同时兼顾着育儿。自从 2019 年 4 月从政治部调到特报部后，他便开始照顾孩子，以便妻子能将更多的精力放在工作上。田中每天接送上幼儿园的儿子、做饭、给儿子洗澡、哄儿子睡觉，工作时间较之前减少了一半。既要写稿，又要照顾儿子的田中同样在平衡工作与家庭之间挣扎着。当然，正如涉谷指出的那样，育儿的辛苦远不及照护艰辛。况且，未成年的少年照护者不论在体力、精力，还是社会经验、知识储备和人脉上，都不及成年人。仅凭这一点，就不难想象少年照护者肩负的担子多么沉重。

在涉谷的帮助下，田中完成了调查问卷的制作。涉谷称，自己从未见过以护理经理为对象的全国少年照护者调查。由于很难检索到包括民间团体实施的调查在内的所有先行调查，不能证明涉谷所言是否属实，但是，涉谷是研究少年照护者的专家，既然她也不知道还存在这次以外的调查，那么可以认定这是第一次相关的全国调查（这样的定位，会使报道的价值更上一层楼）。

2020年3月中旬至4月上旬，采访组在Internet Infinity公司的护理经理网站上，实施了以护理经理为对象的问卷调查。随后，由于政府发布了紧急状态宣言，采访组在问卷中追加了关于新冠疫情对少年照护者的影响的调查项，并在6月份实施了二次调查。虽然此时调查的发起者向畑已经调离采访组，但是，他一直通过邮件、电话等与田中及后来加入采访组的山田奈绪保持着联系，并对问卷调查提出了不少建议。

6月15日，网站编辑部的多朵通过邮件，给田中发来了护理经理的调查结果。田中滑动鼠标，查看着附件中的数据。当他看到护理经理中，曾经负责"有少年照护者的家庭"的人数占比为16.5%时，立刻将这一数据用邮件发送给了采访组的其他同事。"每六名中就有一名"的结果极具说服力。采访组的组长松尾在给田中的回信中叮嘱:一定要好好利用这次调查的结果。

田中和山田也向涉谷汇报了调查结果,并在 6 月 29 日对涉谷进行了线上采访。

"在此次调查中,已经将少年照护者限定为参与本应由成年人承担的照护内容的少年,然而,根据专业的护理经理的回答,得到 16% 的比率,着实令人震惊。"

看到调查结果的涉谷表示非常吃惊。

"关于少年照护者的调查,因调查对象不同,调查结果也大相径庭。学校的老师虽然了解学生在学校的行为,却无从知晓学生表现出某一种行为的原因。因此,相较于学校的老师,护理经理更了解参与照护家人的孩子的生活受到了怎样的影响。从护理经理们的口中获得的信息,更加具有说服力。"

涉谷曾经参与了日本照护者联盟在南鱼沼市和藤泽市实施的调查。这两次调查的结果显示,其调查对象——学校的老师——虽然对学生在校期间的表现非常了解,但是,对学生放学回家之后的生活几乎一无所知。而护理经理由于对自己负责的照护家庭的实际情况了如指掌,因此能够直接询问孩子承担的照护内容及照护对孩子产生的影响。因此,涉谷对采访组实施的这次调查尤为重视。

护理经理的烦恼

在调查问卷中,设置了"自由阐述"一项。很多护理经理在该项中,描述了自己所目睹的少年照护者的痛苦。

一名60多岁的女性护理经理称:"孩子们以家人之名束缚自己,过着孤单而痛苦的生活。每次看到这些孩子,我心里总是非常难过。"

一名50多岁的男性护理经理称:"没有决策权的小孩子被迫承担着重大的责任。他们不得不与家族之外的成年人交涉,并且,不得不做出各种艰难的决定。"

一名50多岁的女性护理经理在问卷中写道:"被父母逼着照顾祖父母,而无法就职的孩子的处境令人无奈。"

家庭经济困难是小孩子被迫照护家人的原因之一。同时,也是引发家庭暴力和育儿忽视等虐待行为的原因。很多护理经理对此表示十分担忧。很多护理经理指出:少年照护者很难向家族之外的成年人求助。

采访组在面对面地采访了几位原少年照护者之后,发现他们有一个共同的特征:大多数少

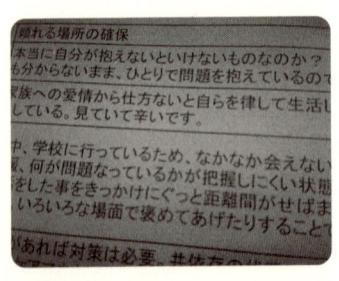

调查问卷中不断出现对少年照护者的身心健康表示担忧的文字。

年照护者认为,照护家人是自己理所应当承担的"正常"家务。他们没有意识到自己承受着多么沉重的负担。一名 40 多岁的护理经理也指出,少年照护者不了解公共服务设施,并且,缺乏解决问题的能力。

215 名护理经理曾经负责的家庭中有少年照护者。其中,近一半(104 人)的护理经理表示,虽然明知超出了自己的职责范围,但是面对少年照护者的状况,于心不忍的他们无法做到置之不理,经常会不由自主地采取一些干预措施。针对调查项"具体采取了怎样的措施"(多项选择),回答"倾听少年照护者的烦恼"的为 65 人,回答"联系政府机构和学校,以寻求援助"的为 35 人,回答"提供交通、饮食的帮助"的为 24 人。

一名 60 多岁的女性护理经理在问卷中分享了她与一名少年照护者沟通的成功经验。她通过便条、信件和一名白天去学校上学的少年照护者进行沟通。在沟通中,她不时地称赞那名少年。她发现,随着他们之间的沟通,那名少年的精神渐渐明显好转,还主动向她咨询关于自己未来计划的建议。

也有些护理经理对未成年少年照护家人持肯定的态度。他们认为,孩子能够通过对家人的照护获取很多经验。这样的积极作用不容忽视。在 1,303 名回答者中,44.2%(576 人)的护理经理并不知道少年照护者已然成为一个社会问题。这一结果表明,很多护理经理尽管负责援助需要照护的家庭,但是,他们并没有意识到少年照护者的存在。不过，由于缺乏社会援助机制，即使护理经理意识到了少年照护者的存在，也只能靠护理经理的个人意愿，特别是他们的善意，向少年照护者伸出援助之手。

那么，究竟应该如何援助少年照护者？在调查问卷中，也设置了相关问题。

关于"你期待社会怎样援助少年照护者？"（多项选择）的问题，最多的回答为"应当与护理工作者、学校、地方政府、医疗机构、社区等合作"（占比为66%）。也就是说，三分之二的护理经理期待能够通过相关组织之间的相互合作来援助少年照护者。

有护理经理指出，阻碍援助的原因之一是"保护孩子与其家庭的隐私"这种冠冕堂皇的理由。一名50多岁的护理经理在问卷中写道："非常希望学校、福利工作者、护理经理、学校辅导员等能够相互合作、共享信息。"

护理经理认为，职责范围限制了他们对少年照护者的援助。另外，护理经理对相关机构行政管理的纵向壁垒也极为不满：

"我曾经咨询过行政部门，但是，他们的回复只是让我继续观察而已。"

"不管是行政部门还是学校，都不愿意越出自己的管辖范围一步。"

"行政部门、学校和儿童咨询中心都知道情况,但谁也不付诸行动去解决问题。"

关于"哪个部门应提供援助"的问题,回答"学校(包括学校社会工作者和学校辅导员)"的人数占 35.1%;回答"地方政府"的人数占 31.5%,远远超出了其他回答的比率。

一名来自福冈县的女性护理经理(47 岁)阅读了少年照护者的报道后,给采访组寄来一张明信片,措辞礼貌地表达了自己的读后感。明信片上清楚地写着这名护理经理的联系方式。田中以护理经理调查为契机,拨通了她的电话。

田中从与这名护理经理的交谈中得知,在她曾经负责的一个需照护家庭中,高中三年级的哥哥和高中一年级的妹妹一起照护着祖母。祖母患有痴呆,也有幻觉、幻听症状。他们是单亲家庭,父亲每天工作到深夜。

这名护理经理在描述这个家庭的状况时,言语间透露着无尽的悲哀:"两个孩子说爸爸工作太辛苦了,所以扛下了所有照护奶奶的工作。我看着兄妹俩,心里真的非常难过……"

她还告诉田中,兄妹俩放学回家的时候祖母正好从日间护理中心回来。兄妹俩照护祖母的主要内容包括换尿布、帮助祖母上厕所等。家里四处散落着垃圾袋。他们的一日三餐不是面包,就是方便面。

孩子们的祖母经常突然自己走出门,有时手里还拿着菜刀。兄妹俩看着祖母怪异的行为极为惊恐,这名护理经理安慰他们说,祖母是因为生病才这样的。有一次,她见到了孩子们的父亲,于是,提醒他孩子们受到了惊吓。可是,这位父亲却不以为然,说"孩子们没事",反应极为冷淡。这名护理经理注意到哥哥因为照护祖母无法专心准备高考。于是,她建议把老人送入全日制护理中心。不料,孩子们的父亲一口回绝:"哪有那个钱!她(祖母)也更愿意待在家里。"

"当时,我真的很为马上要高考的哥哥着急。可是,我只是一名护理经理。我不知道自己能为那孩子做些什么。"

从这名护理经理的言谈之中,不难觉察出她因为自己工作的局限性而产生的挫败感。

针对护理经理的调查结果最终被整理成文,探究少年照护者实际情况的工作又向前跨出了一步。不过,这次调查也存在着许多不足之处。

首先,调查对象是护理经理,而不是少年照护者。因此,调查结果只是来自护理经理的间接陈述。另外,没有设定一个测量少年照护者的负担程度的客观标准。因此,调查结果凭借的仅是护理经理的主观判断。

尽管在接受问卷调查的护理经理中,每六人中就有一人曾经负责的家庭里有少年照护者，但是，每一名护理经理具体接触过几名少年照护者并不清晰。由于考虑到护理经理工作繁忙，为了减少他们回答问卷的时间，在此次调查问卷中，将问题设置成了"最令人印象深刻的一名少年照护者"。这样做也是为了减轻 Internet Infinity 公司和采访组后期整理、分析数据的工作量。调查结果显示，四成以上的护理经理没有意识到少年照护者的问题。因此，很可能有更多的少年照护者并未被统计在内。也就是说，16.5% 这一数据只能作为参考。

另外，鉴于长期护理保险的各项规定，大多数护理经理接触的是高龄者家庭。日本照护者联盟定义的少年照护者足足有 10 类，没有生活在高龄者家庭中的少年照护者又有多少人呢？

由此可见，很多问题必须直接询问少年照护者本人，才能够获知真相。

我，哥哥和妹妹

2020年10月，19岁的松林纱希被东京的一家艺人经纪公司录取。

纱希从小就喜欢唱歌。高中一年级的时候，她还参加过当地电视台举办的歌唱比赛。

纱希在歌唱比赛最重要的试镜中，演唱的歌曲是《故乡》（高野辰之作词、冈野贞一作曲）的第三小节。

  有朝一日实现梦想

  回到我的家乡

  我那青山常在的家乡

  我那绿水长流的家乡

这是一首大家耳熟能详的歌，尤其是歌词里有"追逐兔子"的第一小节。但是，纱希没有选大家都熟悉的第一小节，而是特意选择了第三小节。那时，她正站在梦想的起跑线上，梦想着离开自己出生、长大的山形县，去首都开始新的生活。

纱希觉得，《故乡》的第三小节就像为她量身定做的。

纱希永远也忘不了 2016 年 2 月 9 日。这一天，她的人生被彻底改变。当时，纱希 14 岁，上初中二年级。

那是一个和往常的任何一天都没有区别的夜晚，纱希看到母亲琉美子走向浴室，准备去洗澡。

"就现在吧！"她决定告诉妈妈自己未来的打算。

纱希跟着琉美子走进浴室，和妈妈一起坐进了浴缸。母女俩面对面地坐在浴缸里，完全是一幅在每个家庭中都能看到的温馨画面。也许，浴缸里的热水正一点一点漫出边沿。

"虽然我一直想成为小说家，可最近，我发现比起写作，自己好像更喜欢表演。"

纱希鼓起勇气，告诉了母亲自己的演员之梦。紧接着，她向母亲吐露了内心的担忧："在山形这个小地方，没有什么发展的机会。可是，如果我离开……"

纱希担心的是如果自己从家里搬出去的话，等妈妈老了以后，哥哥和妹妹怎么办?

母亲一下子就明白了,她对纱希说:

"不要担心他们俩。你只管去做你喜欢的事情。"

啊!真的吗?!纱希一直紧绷的神经终于放松了下来。

洗完澡后,纱希回到了自己的房间。她拿出一张纸,在上面写下了"2月9日"几个字,然后,她把这张纸贴在了墙上。这是一个她将永远铭记在心的日子,这是一个她终于做出了决定的日子。从那天起,纱希每年换了新手账,都会马上在2月9日这天的日历上,重重地写下:决定之日!

纱希接受关于照护哥哥和妹妹的采访时说:"我从小就觉得有这样的哥哥和妹妹是再正常不过的事情。"

大纱希两岁的哥哥和小纱希一岁的妹妹,天生体内缺乏维持运动神经正常运作的酶素,患有芳香族L-氨基酸脱羧酶缺乏症(AADCD)。到2019年1月为止,全日本仅8人被诊断出患有这种罕见的疾病。

这种疾病的症状与脑瘫极为相似,如手脚麻痹、智力发育迟缓等。因此,哥哥和妹妹的饮食、入浴等日常起居都需要有人照护。因为父亲要工作，所以主要是母亲在照顾哥哥和妹妹。

纱希从记事起，就推着哥哥或妹妹的轮椅。上小学以后，她甚至开始帮妈妈给哥哥和妹妹换尿布、往胃造瘘管里注入流食。在纱希看来，照护哥哥和妹妹理所应当，一切都再自然不过。

然而，早在纱希上小学的时候，她就注意到，当他们一家人出门在外时，路人总会向他们投来异样的目光。有一次，在购物中心，一个小孩子天真地指着哥哥和妹妹说："他们坐的车好酷哦！"小孩子的妈妈立刻厉声喝道："不可以看！"纱希不明白，他们一家人怎么就不可以让人看呢？

如果碰到妈妈的朋友，大家的关注点都聚集在哥哥和妹妹身上。

对纱希（中）来说，照护哥哥佳汰（左）和妹妹亚美（右）是再自然不过的事情，照护哥哥、妹妹就像是和他们坐在一起看绘本。因此，纱希很不喜欢别人夸她懂事。（照片由本人提供）

如果有人问纱希，你是谁呀？这时，就轮到纱希上场了。她的"台词"是："我是他们俩中间的。我是家里的老二。"

"我很讨厌别人因为我照顾哥哥和妹妹就夸我懂事。"纱希说，"我觉得这就像他们夸我会呼吸一样。"

过年的时候，爸爸妈妈给纱希的压岁钱总比给哥哥和妹妹的多。纱希想，这可能是因为坐着轮椅的哥哥和妹妹不能自己去买东西，而身体健康的她能自由出入，所以压岁钱更多一些吧。不过，爸爸妈妈只给纱希一个人压岁钱的情况也时有发生。这种时候，纱希就会把压岁钱退给妈妈，说："分成三份。"纱希就是这样一个不愿意被特殊对待的孩子。

母亲琉美子理解纱希的心情，她总是温和地对纱希说："那就只多给你 1000 日元，好不好？"尽管纱希一再推让，但是母亲很坚持，纱希只能收下。

哥哥和妹妹每逢感冒必定住院，这时，纱希就会被送到奶奶家。纱希还记得小时候，自己站在奶奶身边，看着坐新干线离去的妈妈的身影，哇哇大哭的情景。

学校的老师和同学们都知道纱希家里的情况。时不时地，他们会问纱希："你哥哥和妹妹的身体怎么样？"学校里也有残疾的同学，因此，纱希在学校并没有受到自己讨厌的"特殊礼遇"。

大概在纱希上小学的时候，哥哥佳汰因为做了气管切割手术，从此失声。纱希知道后,一个人跑出房间难过地大哭。好在哥哥的表情十分丰富,尽管失了声,可纱希一看他的表情,马上就能明白哥哥要说什么。

纱希说,她哥哥是个"心地善良的家伙"。看NHK(日本广播协会)的节目《和妈妈在一起》的时候,每次一响起片尾曲,他就泪流满面。"我家大哥呀,是个爱哭包。"纱希调侃道。

"妹妹亚美呢,是个娇气包。小时候我真的很烦她。"纱希说。妹妹因为不想去上学,给纱希和妈妈添了不少麻烦。其实,纱希特别疼爱妹妹。她常用妈妈的化妆品给妹妹浓妆艳抹,还给妹妹戴上墨镜搞笑……一幕幕欢快的时光,都定格在了一家人的相册里。

纱希上初中的时候,曾登上过银幕。她出演了由稻冢秀孝执导的纪录片《奇迹之子》(奇跡の子どもたち,2017年)。该片历时10年,追踪拍摄了佳汰和亚美接受最新基因治疗的情况。

《奇迹之子》在第59届科技电影节上,获得了最高奖项——首相奖。并且,在2018年第92届电影旬报十佳电影评选中,荣获了文化电影类影片的第四名。在该片中,纱希小小的身影推着哥哥的轮椅。

影片《奇迹之子》以15岁的纱希朗读自己写给哥哥和妹妹的信结尾:

"大概是上小学低年级的时候,我才知道自己的两位家人患有在日本首次发现的不治之症。可能大家觉得,我有一个'特别的'哥哥和一个'特别的'妹妹吧?

"其实,在我的心中,他们没有任何与众不同的地方,他们只是我最最喜爱的哥哥和妹妹。因为妈妈忙于照顾常常住院的他们,我在想向妈妈撒娇的年纪,没有机会向妈妈撒娇。对于这一点,我想我的父母心里也很难过。我的妈妈曾经对我说,她很抱歉没能给我生出健康的哥哥和妹妹。妈妈说这话时自责的语气,我至今记忆犹新。我也清楚地记得,自己一个人躲起来失声痛哭的情景。那是因为妈妈告诉我,哥哥做了气管切割手术,再也发不出声音了。一想到这辈子再也听不到哥哥的声音了,我就心如刀绞。那种悲痛,时至今日一想起来还会刺痛我的心。

"基因治疗通知奇迹般降临到我们家,犹如一道希望之光。感谢爸爸、妈妈对我的支持,感谢给哥哥和妹妹做手术的医生。还有,感谢我的哥哥和妹妹。其实,我最想感谢的,就是你们。

"哥哥,亚美,我们一定要笑着度过此生。真的,真的谢谢你们。"

纱希上初中二年级的时候,在"决定之日"向妈妈吐露了自己的演员之梦。那时,除了妈妈之外,纱希没有告诉过任何人自己的梦想。她怕遭到别人的耻笑:在这种乡下地方,还想当演员?简直是痴心妄想！其实，如果班里的同学有谁突然说想当演员，纱希自己恐怕也会笑那位同学在痴人做梦。

因此，纱希将演员之梦深深地埋在了心底。表面上，谁也看不出纱希改变了她从小立下的志向。小时候，纱希立志要当一名护士，或者做一名特殊学校的老师。因为她"想治好哥哥和妹妹"。现在，她的梦想是当一名演员。为了向埋在内心深处的志向靠拢，纱希通过在语文课上朗读、参加学校的辩论比赛来锻炼自己。每次朗读课文后受到老师的夸奖，或是在辩论比赛上取得了好成绩，纱希都欣喜若狂。

然而，纱希在初中毕业前夕，选择报考了县内面向社会福祉专业的高中。纱希一边痛苦地抹杀自己内心的演员之梦，一边准备中考。

为了获得推荐入学的名额，纱希按要求提交了一篇作文。有一天，语文老师突然把她叫到了学校的会议室。

"你在作文中说要诚实面对自己，但是，我觉得你对自己并不诚实。你为什么要在作文中这样否定自己呢？你的作文让我觉得非常沉重。"老师对纱希说。

纱希明白，自己并不想报考那所高中，所以，她的作文才写得言不由衷，让老师看出了破绽。老师善解人意的一番话让纱希的眼里溢满了泪水。

"其实，我在作文里写的不是心里话。"

在会议室的一角，纱希边哭边向老师吐露了自己内心的真实想法。虽然老师能够理解纱希，告诉她没有必要隐瞒自己的志向，但是，已经临近毕业，纱希没有勇气在中考迫在眉睫的关头更改报考志愿。

最后，老师安慰哭红了双眼的纱希说："你不是想当演员吗？那现在就表演一下'被老师骂哭'的桥段，回教室去吧。"

纱希怀着"成为一名护士"的志向升入高中，加入了学校的戏剧团。纱希非常喜欢看电视剧和电影，也喜欢读小说。对电影和阅读的喜爱，让她对戏剧表演产生了浓厚的兴趣。一直以来，纱希因为哥哥和妹妹的存在而备受瞩目，对于这一点，纱希并不厌恶。但是，自从她意识到，抛开"照护哥哥和妹妹的乖孩子"的头衔也可以在世上生存之后，便开始渴望以一个全新的身份立足世界，憧憬能够站在聚光灯下。

学习了护理课程之后，纱希才明白，作为一名护理人员，必须具备一双专业的眼睛。学习护理课程之前，纱希一直以家人的身份看待哥哥和妹妹的病症。然而，在课堂上，老师要求他们必须用既不是患者也不是患者家人的第三者的身份"冷眼旁观"患者的病症。

纱希从小就推着哥哥或妹妹去各种保健机构、特殊学校和医院。在这些地方，纱希看着工作人员和护士们忙碌的身影，萌生了将来从事社会福祉工作的念头。当年，令自己无比崇敬的工作人员和护士们是在"冷眼旁观"哥哥和亚美吗？

纱希觉得，学习变得越来越难了。上高中二年级的时候，她猛然觉醒：自己之所以能够照护哥哥和妹妹，仅仅是因为他们是自己的亲人。

纱希在高中交到了很多朋友。在学校的戏剧团，她也非常活跃。然而，正当纱希满怀热情地投入丰富多彩的高中生活的时候，她的身心健康出现了问题。那时，她正打算竞选学生会主席，竞选海报都已经准备好了。可是，纱希的健康每况愈下，最后，甚至早晨连床也起不来。纱希没有办法继续去上学了。

她得了抑郁症。

从 2018 年 10 月开始，纱希休了两个月的学。医生认为，纱希应该两个月就差不多能恢复健康，但是，她的身体状况一直也没有好转。也许，校园生活有助于恢复健康？纱希想。于是，寒假过后，纱希重新回到了学校。然而，返回校园仅一周的纱希身心状况急剧恶化。她终于意识到，"自己本就不该来这个学校"。她退了学。

办理完退学手续之后，纱希立刻觉得身心愉悦，整个人轻松了许多。很快，她的身体也恢复了健康。纱希觉得，就这么退了学，离开了老师和同学们很遗憾，不过，"做回了自己"的感觉，让她打心底里欢喜。

纱希转入了非全日制的通信制高中。她一边照护着哥哥和妹妹，一边向着自己的梦想——成为一名演员努力。这是纱希的"再次决定"。

纱希去拜访了曾经因为作文把她叫去会议室的那位老师。"那时候呀,你太逼自己了。"老师说,"当时,你执意要当护士。没办法,我只能鼓励你喽。"纱希心想:在外人眼里,可能自己真的就像老师说的那样吧。

2020年3月9日,新冠疫情暴发前夕,采访组在山形县举办的"残疾儿童兄弟姐妹会"的会场第一次采访了纱希。"残疾儿童兄弟姐妹会"是专门为有残疾的兄弟姐妹的孩子成立的协会。加入协会的孩子中,有很多照护残疾兄弟姐妹的少年照护者。

担任该协会秘书的佐藤奈奈子管理着一家援助残疾儿童的机构——"吉原娃娃学习之家"(山形市)。在这里,纱希笑眯眯地向采访组介绍了"残疾儿童兄弟姐妹会"的情况:

"大家聚在一起,不只是抱怨辛苦和劳累。我们也聊一些完全无关的话题,比如,《鬼灭之刃》是不是真的很好看什么的。"

采访组对纱希的第一印象是性格非常开朗。当谈及纱希无法公开自己的演员之梦时,坐在纱希身边的佐藤轻言慢语地开了口:

"纱希从小看着父母辛苦操劳的身影长大,所以觉得自己必须懂事。就算她想要什么,也总是强忍着,不跟父母说。纱希从上小学的时候开始就特别懂事呢。"她还提起,有一次,她因为纱希哥哥和妹妹的事情给纱希家打电话，当时接电话的纱希才上初中一年级。纱希在电话里应对自如，还非常有礼貌地对她说："承蒙您一直关照我哥哥和妹妹，真的十分感谢。"

佐藤说话的时候，纱希不时在一旁发出朗朗的笑声。对纱希来说，从小就认识自己，并且一直援助着哥哥和妹妹的佐藤，就像一位"唠唠叨叨的伯母"。

"纱希自己觉得没什么，可在专业人士看来，照护她哥哥和妹妹的工作非常辛苦。纱希吃了很多苦，可她把那些苦都自己消化了，坦然接受了。"佐藤说完后，马上又加了一句，"不过，纱希不喜欢别人夸她懂事。"

当采访组询问纱希对少年照护者的看法时，纱希表示非常困惑："我并不认为自己是一个照护者。我一直不喜欢别人夸我乖，夸我懂事。'少年照护者'给人一种好像挺了不起的感觉。可是，我觉得自己做的事情非常普通，没什么了不起的。"

对纱希来说，照护哥哥、妹妹，就像和他们坐在一起看绘本一样，没有丝毫特别之处。

下午5点半刚过，外面的天已经黑了下来。纱希的母亲琉美子开着一辆面包车来接纱希了。车的后门打开，大家看到了车上坐在轮椅里的佳汰和亚美。采访组的记者跟他们打招呼："你们好啊！"佳汰和亚美朝车外的人绽开了笑脸。

纱希参演了当地一家剧场排演的朗读剧，剧本是已故剧作家井上厦的作品。顺便一提，井上厦是山形县人。

遗憾的是，由于新冠疫情的暴发，预定在 2020 年 6 月的公演被取消了。纱希把自己的朗读录音寄给了几家艺人经纪公司。纱希说："我估计不会有答复。不过，能做的，我都已经尽力做了。"在她灿烂的笑容中，已经看不到一丝迷茫。

纱希曾经和一家艺人经纪公司签了约。但是，为了能更加专注于戏剧事业，她现在在琦玉的一家剧团工作。

纱希终于朝着自己的目标迈出了一大步。不过，离开哥哥和妹妹独自生活的纱希，对哥哥和妹妹的爱并没有随着时间的流逝而改变。

"和哥哥、妹妹在一起的时候，有时的确挺辛苦的。但是，我不敢想象没有他们的生活。他们是我生活中不可或缺的一部分。我想，我的存在对他们来说，也是如此吧。"

第三章

实施全国调查？

神户照护人谋杀案

2019年10月9日，少年照护者专题报道工作启动半年前，《每日新闻》（神户版）上刊登了一篇报道（报道中使用了嫌疑人和受害者的真实姓名）：

《孙女将毛巾塞入祖母口中 涉嫌谋杀被捕 须磨警察局》

须磨警察局于8日紧急逮捕了企图杀害祖母的A（21岁）。嫌疑人A是神户市须磨区一家幼儿园的教师。嫌疑人A对罪行供认不讳，称"因不堪忍受祖母的暴力行为，将湿毛巾塞进了祖母口中"。老人被紧急送往医院，但不幸死亡，警方进入谋杀调查。据称，8日清晨6点左右，嫌疑人将一条湿毛巾塞入祖母口中，试图杀害与自己同住的祖母（90岁）。根据警察局发布的消息，嫌疑人Ａ用湿毛巾帮祖母擦拭身体时，突然遭到祖母失控的辱骂。于是，将手里的毛巾塞入老人口中。随后，嫌疑人报警自首。

这篇地方新闻版面上的"小豆腐块"文章只面对兵库县的读者，并没有在全国报道，属于很快就被大众遗忘的"无足轻重的报道"。

2020年初，采访组成员向畑泰司在电脑里随意输入了"护理""事件"等几个搜索关键词后，电脑屏幕上弹出了上面的这篇报道。读完报道之后，向畑不禁心想："当时只有21岁的Ａ，有没有可能是一名从小就照护祖母的少年照护者呢？"

少年照护者专题报道的工作开始后不久，向畑在4月调回了大阪总社的社会部。调动前夕，他嘱咐采访组的同事田中裕之和采访组组长松尾良，等该案件的公开审判（刑事裁判）的日期公布了，一定要和他联系。向畑调回大阪总社后，负责大阪府警察局的案件报道工作。如今，如果想了解案件的话，向畑可谓是近水楼台。

然而，审判的日期迟迟无法确定。由于新冠疫情的影响，不论是刑事案件，还是民事案件的裁判都被一次次延期。

3个月后,即8月中旬,向畑接到了神户分局的来信(向畑曾因该案件联系过神户分局)。信中说神户地区法院陪审团审判的日期终于确定了。向畑马上将这一消息转发给了采访组。要想弄清A是不是少年照护者,只能去旁听公审。

尽管当时新冠疫情非常严重,从2020年春开始担任特报部部长的前田干夫还是立刻做出了决定:"派记者去神户!"

采访组的山田奈绪在东京总社的社会部任职期间,曾经负责过东京地方检察院的报道工作。因此,特报部决定派她去神户旁听9月9日的公审。

虽然不清楚是否还有其他媒体从少年照护者的角度报道该起案件,但是,所谓的"照护人谋杀"已成为一个既定的社会议题,公众的关注度颇高。山田不是当地的记者,只能坐在公众席上。如果排不到公众席的位置,连法庭也进不去。山田以前在阪神分局工作过,知道法庭内的席位不多。第一次公审的前夜,她给东京总社打电话汇报工作时提及,为了保险起见,她打算第二天提前到法院。

神户地方法院的大楼由红砖建成,威严中透着优雅。山田在开庭前一个多小时就赶到了201号法庭。果然不出所料,已经有7位旁听者在排队等候了。那天,包括山田在内,排队的旁听者足有20人。

为响应防止新冠病毒传染的政策,庭内减少了席位。除记者席外,供一般公众旁听的席位只有12个。虽然山田幸运地得到了位置,但是排在队伍较后的人未能获许进入法庭。第一次公审的报道见报后，第二天排队旁听的人数增加到近 30 人。

走进法庭的 A 看上去比实际年龄要小。身材矮小、体形纤瘦的她穿着白衬衫、黑裤子，黑色的头发在脑后束成了一个马尾。

她在法官、陪审员、旁听者面前说话时，一字一句清晰明确。法官宣读完指控她谋杀的内容后，她大声回答：是的，一切属实。

检方与辩护方在开庭陈述中，讲述了 A 复杂的成长经历，以及她独自照护祖母的经历。

A 小时候父母离异，她被判给了母亲。但是，A 的母亲在她上小学一年级的时候，因脑溢血去世。A 被送入了孤儿院。A 的爷爷、奶奶把她从孤儿院接到自己家中。从此，祖孙三人相依为命。辩护方称，A 的祖母脾气暴躁，时常责骂 A 和 A 死去的母亲。

"你也不想想，是谁把你从孤儿院里接出来的？"

"生你的妈除了借钱，就是借钱！"

A 上初中二年级的时候，精神出现了问题。她曾经几次服下大量安眠药，但都被送入医院抢救了过来。医生认为，A 不再适合与祖父母同住。于是，A 被送到了父亲的妹妹家里。从那时起，A 就一直在姑姑家生活。后来，A 考入短期大学[1]。大学毕业后，从 2019 年 4 月开始，A 在一家幼儿园工作。

那么，A 为什么去照护祖母了呢？山田从开庭陈述和后续调查中找到了答案。

A 搬离祖父母家后，在她上高中一年级的时候，祖父去世，曾经斥骂 A 的祖母开始了独居生活。A 大学毕业后，患有认知障碍的祖母病情恶化，不能再独自生活，身边需要有人照顾。

祖母生有两儿一女——长子（A 的伯父）、次子（A 的父亲）和女儿（A 的姑姑）。几个孩子都住在祖母附近，不过，由于各有各的家庭，没有和祖母生活在一起。祖母的长子工作繁忙，次子患有手脚麻木的疾病，女儿的孩子尚小。因此，刚开始工作不久的 A，在 2019 年 5 月搬回祖母的住处，开始照护祖母。

听到这里，坐在旁听席上的山田意识到，A 不是一名少年照护者。更确切地说，A 的情况不同于采访组报道的少年照护者。

在日本，对少年照护者没有法律上的界定。但是，采访组根据日本照护者联盟的定义，在之前的报道中，一直将少年照护者定义为"照护家人的未满 18 岁的儿童"。另外，从 2019 年 5 月到 A 谋杀祖母

---

[1] 短期大学，指学制较短（通常为 2 年，医疗、护理专业为 3 年），为学生进入社会后可直接运用技能，以职业技术教育为主要内容的高等教育机构。

的同年10月，当时21岁的A只照护了祖母约5个月的时间。因此，A并不是像采访组预想的那样，是一名从小开始照护祖母的少年照护者。第一次公审结束后的当晚，山田将了解到的情况汇报给了松尾。电话另一端的松尾听上去非常失望。不过，山田觉得自己好不容易从东京跑到了神户，应该再去听听A的本人陈述。于是，第二天，她又坐在了旁听席上。

辩护人： 你的父亲、伯父和姑姑提过他们搬去和祖母同住，并照护祖母的事情吗？

A： 没有。

辩护人： 你的父亲、伯父和姑姑提过他们轮流与祖母同住，并照护祖母的事情吗？

A： 没有。

辩护人： 你的姑姑当时是怎么跟你说的？

A： 姑姑不同意把奶奶送去护理机构。她跟我说，理所应当由我去照护奶奶。

辩护人： 对你说过（祖母）对你有恩之类的话吗？

A： 有。

辩护人： 你父亲是怎么对你说的？

A： 我记得爸爸说的话跟姑姑说的差不多。

辩护人： 决定由你一个人去照护祖母时，你当时心里的真实想法是什么？

A： 虽然我心里不愿意，但是，除了我，也没有其他人能搬去和奶奶一起住。再说，我对爸爸和姑姑说不出"不愿意"这三个字。

A 从小看着大人们的脸色长大，失去母亲、与父亲分离，过着不受祖母待见的生活。后来虽然住在姑姑家里，却和姑姑之间有着微妙的距离感。A 说，姑姑总让她莫名其妙地感到害怕。祖母住院的时候，医院建议把祖母送入专门的护理中心。然而，A 的伯父、姑姑和父亲选择了让祖母居家照护。但是，不是他们自己照护，而是把重担扔给了 A。无助的 A 念在祖母曾经照顾过自己的恩情上，同意了搬去和祖母同住并照护祖母。

山田明白，辩护人极力想用"无助孙女被迫照护祖母"的故事打动法官和陪审团。然而，A 的伯父在第一次公审时，就在陈述书中表明：没有人强迫过 A。

"我们没有召开过家庭会议，也没有商量过让 A 搬回我母亲（A 的祖母）家的事。我父亲（A 的祖父）生前十分疼爱 A，曾经说过'这个家以后是 A 的'。可能是因为这句话，A 才觉得自己必须搬回去吧？

我不清楚照护的内容。（案件发生的）3个月前，我路过母亲家时，跟A打了声招呼。当时，我没有发现A有任何异常。A是个开朗、温和的孩子。夜里需要照护祖母的时候，都是A爬起来忙活。

"我母亲是个好强的人，肯定对A说过不中听的话。

"虽然我觉得不管怎样也不至于杀人，但是，我们兄妹把照护的重任完全推给了A，我们也有一定的责任。如果A能在事情发展到这一步之前来和我们商量商量就好了。我们希望不要重判。"

公审时，A照护祖母的内容被公开。A承担的重任令人触目惊心。

平时白天，祖母被送去日间护理中心，A去幼儿园上班。A下班回家后，照顾祖母吃晚饭。照顾祖母吃晚饭很难，有时需要花费很大的力气。另外，虽然不用每天，但是A必须帮祖母洗澡。每晚9点左右，A服侍祖母服下安眠药后，看着祖母入睡。

祖母睡着以后，A开始准备第二天的工作：和孩子们一起做的手工、练习钢琴曲目等。夜里，祖母过几个小时就会醒来一次，人呼"有贼""有鬼"。这时，A必须爬起来安抚吵闹的祖母。祖母起夜也很频繁。A还要常常为祖母清洗被大小便弄脏的身体。

祖母出现徘徊症状后，A不得不陪着祖母在夜里出去散步。有时一走就是一个小时。日间护理机构周六、周日关门。所以，周末的两天里，A没有一刻喘息的时间。每天只能睡两个小时的A精疲力竭，可是，祖母却愤怒地冲她大叫："你偷我的钱！"由于长期睡眠不足，A白天在幼儿园工作时经常发呆。同事们不相信她在照护祖母。因此，她和同事们的关系日渐疏远。A想极力兼顾还没有习惯的职场和照护祖母的工作，然而，不堪重负的她在夏天的时候，被诊断患上了轻度抑郁症。

A试图谋杀祖母的案件，发生在2019年10月8日。这是在她搬回祖母住处大约5个月的时候。那天，祖母入睡后，A在祖母的床边铺开被褥，也睡下了。

凌晨5点半，祖母把A从沉睡中叫醒，说自己身上出了汗。A用热毛巾帮祖母擦拭身体的时候，祖母开始对她恶语相加："看见你我就烦，烦得想去死。"A不住地跟祖母说着抱歉，想以此来安抚祖母。可是，祖母却愈加兴奋起来。

"我觉得，奶奶的辱骂否定了我为她做的一切。我问奶奶：'你这么说是什么意思？'奶奶却冲我吼道：'你摸着良心问问你自己！'当时，我一心只想让奶奶安静下来，就把手里的毛巾塞进了她嘴里。"

A把祖母推倒在床上，将手里的毛巾塞进祖母的嘴里，用手捂住了祖母的鼻子和嘴。A一动不动地按住祖母，几分钟后，祖母停止了挣扎。

A试图自杀，但是没有成功。早上7点钟左右，她拨打了110。电话接通后，她说：

"我把奶奶杀了。"

第二天开庭之前，山田和一同在庭外排队的人聊了起来。旁听了前一天公审的人们对 A 充满了同情：

"可怜啊！"

"A 的父亲就那么眼睁睁地看着，什么都不管！"

"她的亲戚们真不像话！"

山田预测，这次公审的报道见报后，公众的反应也会像这几个人一样，愤怒地责难 A 的家人和亲戚。

山田的妹妹患有认知障碍、听力缺失和精神疾病。在采访组内，她是唯一一个如今照护着家人、曾经也是少年照护者的记者。拥有一线照护经验的山田，备受采访组其他记者的尊重。虽然山田能从照护者的立场出发，针对稿件提出坦率、尖锐的意见，但是，由于兼具当事人的身份，她时常担心自己不能从旁观者的角度，冷静地进行少年照护者的专题报道。

A 的罪行是谋杀。日本是一个法治国家，谋杀是极为严重的犯罪行为。大众的同情并不能消除罪行。

突然，山田的耳边响起了自己以前在咨询福利局、公共卫生机构和医院的专家时，听到的那些"不负责任的话语"：

"您是很辛苦，可是，身患疾病的人更痛苦啊！"

"虽然您的生活非常艰辛，但是，您让您患病的家人生活得很好呀！"

"欢迎您常来咨询。"

患病的人！患病的人！承担照护的人的死活就不用管了吗？山田摇摇头，把令人厌恶的回忆甩出了脑海。

山田一边旁听公审，一边在心中暗想：A 真的是孤立无援的吗？她向周围的人求救了吗？周围的人在什么时候、给予了她什么援助呢？又是在什么时候将她拒之千里之外的呢？

A 在夜里照护祖母，姑姑白天带祖母去医院、购买尿布等必需品。姑姑每天早晨送祖母去日间护理中心后，返回家中为 A 和祖母准备晚饭。有时，如果祖母擅自离开了家，姑姑接到 A 的求救电话后，也会赶来帮忙。A 体弱多病的父亲负责下午去日间护理中心接祖母回家。

有时，A 也陪祖母去医院做定期检查、取安眠药。因此，医院的医生知道是 A 在照护患重度认知障碍的祖母。另外，A 本人就诊的精神科医生也知道 A 在照护祖母的事情。

检察官： 你向精神科的医生具体咨询过哪些事情？

A： 奶奶不好好睡觉、我被奶奶斥骂等。另外，虽然不能说同事欺负我，但我确实受到了同事的排挤。所以，我也咨询了和同事之间的关系等事情。

检察官： 你是否咨询了关于工作和照护的烦恼？

A： 是的。

检察官： 医生给了你什么建议？

A： 工作上，医生建议我休假、辞职或换一份工作。关于照护，医生好像只表示了同情，说了些类似"你很辛苦"之类的话，并没有给我如何改善的具体建议。

根据长期护理保险中的规定，A 的祖母被判定为"4 级照护"，仅次于最严重的"5 级照护"。"5 级照护"的患者是处于卧床不起的状态。负责制订照护计划的护理事务所对 A 的祖母病情恶化、出现徘徊症状等情况均有所了解。作为证人出庭的护理经理称，他曾多次尝试将 A 的祖母送入短期护理机构，以减轻其家人的照护负担，但"都没有成功"。之所以"没有成功"，是因为 A 的祖母在护理机构大吵大闹，嚷着"想要回家"。因为她闹得太厉害，护理机构的工作人员只能送她回去。渴望回家，是认知障碍的症状之一。

很多人都了解 A 的祖母的身体状况，也知道是 A 在照护祖母。A 的祖母白天去的日间护理中心的工作人员称，照护 A 的祖母相当辛苦，他们都知道 A 承担着主要的照护工作。A 曾经因祖母的照护计划参加过护理负责人会议。从事福利工作的参会者中，甚至有人知道 A 患有轻度抑郁症。

A 不时地向同事、精神科医生，以及好友发出微弱的求救信号，也跟姑姑抱怨自己睡眠不足。她还在社交网络平台上，发表了一些对姑姑不满的言论。

在法庭上，A 面对辩护人说的话，犹如决堤的洪水般从她的口中喷涌而出：

"每天，我都处在半睡半醒之间的状态。我在照护奶奶的第一天就知道自己太天真了。照护奶奶远比我想象的困难得多。其实，从第二天开始，我就觉得自己'受不了'。但是，一直到五六月份，我才告诉姑姑。

"我一直没告诉姑姑自己受不了，是因为我觉得既然答应了姑姑，就必须咬牙坚持下去。至少，不能这么快就打退堂鼓。我希望他们能把奶奶送去专业的护理机构，但是，姑姑说奶奶一进去就会被绑起来（会受到束缚）。我爸爸也这样说。所以，我也不好再坚持。

"我给姑姑打过求救电话。我也跟她说过，我想和奶奶一起搬回姑姑家。可是，姑姑说奶奶得的是痴呆，不行。"

A 的姑姑称自己要照顾孩子，没有精力让 A 和祖母搬来一同居住。而且，祖母一直希望住在自己的家里。因此，她没有同意 A 的请求。由于祖母非常抗拒去专业护理机构，A 的家人申请了专门面向认知障碍患者的"康复之家"，正在排队等候入住。A 的家人对 A 确实态度冷淡，但也不能说他们没有努力想办法减轻 A 照护祖母的负担。

另外，关于 A 为何没有寻求护理经理的帮助，A 的回答是，因为姑姑是护理经理的联系人，自己不好意思越过姑姑和护理经理联系。

护理经理的证词为："每次我问 A'一切都好吗'，她都活泼开朗地笑着回答我'很好'。我叮嘱过她，如果有什么问题的话，一定要和我联系。"

那么，究竟是 A 发送的求救信号太弱，还是家人、福利和医疗机构的工作人员接收信号的能力太差？或者，两者兼而有之？坐在旁听席上的山田无法判断。

A 可以再想想其他办法，或做出更多求助的努力，然而，对于缺乏人生经验和社会经验的少年照护者来说，"家就是世界。他们完全没有挣脱的想法"。

当时，年仅 21 岁的 A 虽然在法律上已经成人，可跨入社会仅一年的她依然懵懂无知。山田根据自己的照护经验可以断定，诱发这起案件的重要原因，是福利、医疗机构对求救信号感知的迟钝，以及各机构之间缺乏合作。

A 的姑姑在法庭上哭着讲述了案件发生当天的情况：

"早上，我像往常一样给她们做好了饭。正打算把饭送过去，就看到门前的路被封了。听说有人被杀了。

"我妈妈虽然嘴上不饶人,但实际上是个心地善良的人。我真后悔自己没能在她生命的最后一刻守在她的身边。我没有告诉 A,我妈妈去世后的表情看上去十分痛苦。尸检结束后,妈妈的尸体被送回了家。我看着妈妈身上满是伤痕,心里真是……"

姑姑又说:

"A 上小学的时候,我妈妈年纪已经大了,不能去参加 A 学校的活动。她总让我去,说没有家长去的话,A 太可怜了。"

A 的伯父说:"我见过她(祖母)呵斥 A。但总体上来说,她对 A 还是挺好的。A 想学钢琴,她就给 A 买了钢琴。A 的学费也全是她出的。"

检方询问 A,和祖母一起生活是否有过快乐的时光? A 回答:

"也有快乐的时候。奶奶心情好的时候,会好好跟我说话。还会夸我(给幼儿园的学生)做的手工很可爱……有过快乐的时候。"A 的声音颤抖起来。

坐在旁听席第一排的山田看到 A 抬手擦去了滑过脸颊的泪水。

检方认为,"A 具有强烈的杀人意图。因并非没有其他解决问题的可行手段,故 A 的犯罪不属于逼不得已而为之的行为"。但是被害人家属请求轻判,因此,处以 A 四年有期徒刑。这是对故意杀人罪相当轻的判决。辩方认为,由于 A 当时"心神耗弱",不具有刑事责任能力，要求缓期执行判决。

2020年9月18日，经过三天的审判，最终A被判处三年有期徒刑，缓期五年执行。认定谋杀罪的同时缓期执行，这一审判结果可谓不同寻常。

判决认定，A捂住祖母的口鼻长达几分钟的行为属于具有"强烈的杀意"，但是，该案件中也有须酌情处理的地方。

"不能对身心处于极度疲惫状态、无法控制愤怒情绪而犯罪的被告人过于严苛。（中略）由于被告人与其姑姑、被害者之间关系冷淡，并且，被告人当时年仅21岁，缺乏社会经验，因此，被告人难以反抗其姑姑的意志、无法找到减轻照护负担的方法等，均可予以理解。"

各大媒体报道了以上审判结果。判决后一个月，《每日新闻》的新闻网站和雅虎新闻登载了来自神户分社详尽的报道。这篇报道不仅分析了判决内容和案件的构成要素，还追踪报道了A在判决后，为重获新生而做出的种种努力。该报道在网站上的点击量强势登顶，吸引了大批读者。

最终，山田没有向报社提交稿件。A照护祖母时已经成人，为了与迄今为止的专题报道的内容保持一致，采访组认为不适合将A作为"少年照护者"纳入专题报道的对象。

神户分社撰写的报道涉及了少年照护者的问题。东京总社负责报道标题与版面编排的编辑就是否将A视为少年照护者，征求过采访组组长松尾的意见。松尾明确地答复道："确切地说，A不属于少年照护者。因此，不在标题中出现较好。"

然而，神户分社的报道见报后，在社交网站平台上，"A是少年照护者"的评论铺天盖地。大多数读者认为，虽然从法律上来讲，A已经成人，可是，A刚刚成人不久。因此，A依然是"少年"。另外，此篇报道的评论数量远远超出了采访组的预期。松尾阅读了评论之后，与山田、田中商议：我们之前是不是太过于强调"未成年"这一点了？

少年照护者、20多岁的年轻照护者，甚至"老老照护者"（照护老年人的老年人），他们都在照护家人！然而，若不分年龄段地将上述照护者都纳入专题报道，仅凭采访组这几个人根本忙不过来。况且，扩大主题范围也很可能让专题报道原本的主旨失去鲜明性。

三人经过商议，再次明确了专题报道的对象：未成年的孩子，因照护家人而牺牲了学业、前途甚至一生的少年照护者。

不过，专题报道必须避免给公众留下"不用支援成年照护者"的错误印象。因此，松尾对山田和田中下达命令：必须出一篇详细说明相关问题的文章。

另外，不出山田所料，审判结果被各大媒体报道后，社交平台上掀起了一波同情A的声浪。一篇篇以A的出生成长环境、复杂的家庭成员关系、繁重的照护工作等为题材的"照护杀人悲剧"文章，让无数读者泪眼婆娑。

同时，抨击、辱骂 A 家人的帖子也以排山倒海之势扑来。

"真正的犯人是强迫 A 照护祖母的亲人！"

"人肉他们！公开他们的住址！"

"伯父、爸爸都是畜生！"

然而，责骂让少年儿童承担照护重任的亲人，呵斥他们"血脉相承却不闻不问"就能解决问题吗？过不了多久，这起案件就会被公众遗忘，同样的事件又会在另一个地方发生。医疗机构、福利机构以及政府行政部门应该如何解决少年照护者的问题？应该如何援助少年照护者？

A 的公审开始前不久，采访组收到了一封让人触目惊心的邮件——"每天晚上，我都想杀了患认知障碍的妈妈"。

发出这封邮件的，是一名 27 岁的女性。从上初中开始，她就一直照护患有早发性认知障碍的母亲。

在邮件中，这名女性描述了她每晚和母亲争吵、上床睡觉前被母亲殴打的日常生活。根据邮件中的信息可以判断，她每天承受的远远不仅是照护母亲的重任。

这名女性在邮件中写道："如此痛苦的日子还要继续多久？把妈妈杀了，然后自杀，这样就轻松了吧？我每天都这样想。可是，我又做不到。我害怕，我太害怕了，害怕得下不了手。"

现在，这名女性在东京都内从事护理工作。她曾读过报上之前登载的专题报道。她在邮件中表示，自己愿意助少年照护者一臂之力。至少，能够提供一些关于少年照护者的信息。

山田非常想见一见这名女性。公审旁听结束后，从神户返回东京的山田很想知道，杀害自己照护的祖母的 A，和想杀却终究没有下手的少女之间到底有什么不同。

全国调查的前兆

2020 年夏天，就在 A 的公审之前，日本受到了新冠疫情的第二轮袭击。虽然彼时还未发布紧急状态宣言，但是保持社交距离、远程办公等新的生活方式已在各地展开。

8 月下旬的一天，田中来到了位于东京霞关的中央合同厅舍第五号馆。这里是主管少年照护者问题的厚生劳动省的办公地。天气炎热得几乎能把人烤熟，可是，人们还是无奈地戴着口罩。

田中以前在政治部工作时，结识了一名厚生劳动省的官员。当被带进这名官员的办公室后，田中递上了特别报道部的名片，说：

"我现在正在负责少年照护者的报道。"

随后，田中又递上了已登载的特别报道的复印件。官员发出"咦"的一声，好奇地翻看起来。当他的目光扫过《每日新闻》7 月 5 日的早报社论上登载的内容——"很多人并未意识到该问题的存在。政府

应尽快展开全国调查,而不是将问题推给地方当局"之后,口气冷淡地说:

"我们也读报纸的。这个问题嘛,多少也了解一些。可是,我们从来没有收到过一份关于少年照护者现状的报告啊。"

田中岔开话题,告诉他现在除了每日新闻社之外,还有很多媒体都开始关注少年照护者的话题了。

例如,不久前,在日本电视台播放的慈善节目《24 小时电视 爱拯救地球》中,"当红明星对募捐活动的思考"那一期就介绍了少年照护者的问题。

"那个'24 小时电视'节目啊?我是能不看就不看哦。"官员苦笑着说。接着,他拍了拍田中带来的资料又加了一句:"我们先研究研究。"

田中走出官员的办公室,深深地叹了一口气。

田中接触过很多政府高级官员,他们中的大多数人,不是对少年照护者闻所未闻,就是通过报刊报道了解过一点儿。但是,即使了解一二,也漠不关心。记者在采访他们时,经常要万般无奈地、一次又一次地向他们解释什么是少年照护者。田中心想:还采访什么呀,发起一场要求支援少年照护者的市民运动也许更有效果!

只有永田町[2]能打霞关[3]的屁股——这是田中在政治部工作时学到的常识。于是，他联系了"自民党照护者议员联盟"。国会议员联盟（议联）是供议员们针对特定的社会问题进行讨论的组织。有些议联由无党派人士组成。议联星罗棋布，各议联影响力的大小取决于其成员的地位、人数，以及讨论的议题的重要性。有些议联召集有识之士、官员等探讨国家大事，然后，向立法机关、政府等进言；也有些议联举办类似沙龙的活动，仅供议员之间联络感情之用。

照护者议联是支援家人照护者的地方组织"日本照护者联盟"的请愿窗口。担任该议联会长的众议院议员河村建夫（曾任麻生内阁官房长官）是自民党中的领袖人物。由于河村性格温和，常常被委以协调的重任。据说，他担任着差不多100个议联的会长。

2020年1月末，一名照护者议联的重要成员接受了田中的采访。他说："我们极为关心少年照护者的问题，并打算尽我们所能，出一份微薄之力。"但是，他并没有提出任何具体的措施和方案。议联大会原本计划在日本国会定期常会期间（6月结束）召开，但是，因受新冠疫情的影响，被迫取消。

---

[2] 永田町是日本东京都千代田区南端的地名，是国会议事堂、总理大臣官邸（日本首相府）、众议院议长公邸、参议院议长公邸、自由民主党本部、国民民主党本部等所在地，是日本国家政治的中枢地区。

[3] 霞关是日本东京都千代田区的地名，多个日本中央行政机关的总部坐落于此，为日本的行政中枢。

尽管如此，6月2日，照护者议联与日本照护者联盟携手向政府递交了一份请愿书，请求政府紧急援助备受新冠疫情困扰的家人照护者。同时，建议政府制定针对少年照护者学业受阻、生活贫困等问题的特别对策。请愿书被提交给厚生劳动大臣加藤胜信后，面对记者，河村以其惯有的平淡语气说：

"孙辈照护祖辈，是一个非常严肃的问题。对这些孩子的理解和支援也需要学校付出努力。厚生劳动大臣称，政府愿尽全力援助少年照护者。"

在记者招待会上，河村询问坐在身旁的日本照护者联盟的代表："少年照护者的人数是多少？"

田中就此次请愿撰写的报道登载在《每日新闻》的新闻网站上。

正如田中向他拜访的那名厚生劳动省的官员所说明的，除《每日新闻》之外，关注少年照护者的媒体逐渐增多。在越来越多的网络媒体、广播和电视节目中，均涉及了少年照护者的话题。

网络电台AbemaTV在7月16日播出了一档专题节目，名为《全国4万名少年照护者一边照护亲人一边报考大学，他们面对的是怎样的现实？》。该节目中出现的"4万名"这一数字，很可能来自《每日新闻》在3月份登载的报道内容——"估计15~19岁的少年照护者共有37,100人"。出演这档节目的日本当红搞笑双人组合"TXIT"中的临太郎曾从事护理工作。他在节目中直言：当年之所以能照护与自己无亲无故的患者，仅仅因为那是一份有薪水的工作。若要照护患有认知障碍的亲人，很可能自己根本承受不了那样的辛劳。

在东京都会电视台的新闻讨论节目《田村淳 一听到底》（7月25日播出）中，播音员町亚圣分享了自己上高中三年级时照护母亲的经历。她提到了催人泪下的一幕——一位好心的阿姨送来炸鸡块，她和弟弟、妹妹边吃边哭。成蹊大学的涉谷智子作为评论嘉宾，也应邀参加了这档节目。

8月11日播出的文化放送广播电台的节目《大竹绅士郊游录》，介绍了《每日新闻》同日早报登载的《护理经理独立调查报道》。该节目的主持人兼演员大竹诚在节目中呼吁："国家和地方政府必须向少年照护者伸出援助之手。"

在日本电视台的慈善节目《24小时电视 爱拯救地球》（8月22、23日播出）中，也介绍了少年照护者的问题。该节目主要在位于东京都内的各电视台播出，应该有大量观众收看了这档节目。NHK早间新闻节目《你早，日本》（9月15日播出）特别报道了该档节目。

同时，一个令人意想不到的现象出现了。宫崎骏导演的动画片《龙猫》放映后，在社交平台上，掀起了片中主人公皋月是否是少年照护者的讨论。

1988年公演的《龙猫》，据宫崎介绍，其时代设定为还没有电视出现的 1953 年。影片讲述的是搬到乡村的少女皋月和妹妹小梅遇到奇妙动物龙猫的故事。因为母亲住院，皋月承担了做饭、照顾妹妹等家事。影片中也出现了姐妹俩的父亲因工作不能回家时，姐妹俩得到了村里邻居关照的剧情。

《龙猫》播映之后，有人在推特上发声，称心疼小小年纪就要承担家务的皋月，认为"虽然不能否定曾经有过那样的时代，但也不能将问题美化"。有人反驳说："用现代的视角去审视、诠释虚构的电影作品中的时代背景和角色设定，会让电影作品变得索然无味。"宪法学者木村草太发帖说："和孩子们一起看完电影《龙猫》后，我陷入了对少年照护者问题的思考，整整一夜未能合眼。"

采访组也在推特上参与了该话题的讨论："《龙猫》播出后，引起了人们对主人公皋月是否是少年照护者的热议。从该影片的故事情节可以知道，家庭之外的人对少年照护者的关心与照顾，犹如影片中的龙猫和邻居老奶奶一样不可或缺。"

政府实施全国调查

采访组陷入了报道的瓶颈——该如何继续少年照护者的专题报道？9月24日，田中打电话给调回大阪的原采访组成员向畑，商议专题报道应该持续多长时间。最终，两人一致认为，专题报道至少应持续到 2021 年春季，即整个专题应该持续报道一年。向畑鼓励田中："很快，政府就要采取措施了。"

自从田中拜访厚生劳动省的官员，已经过去了近一个月的时间。田中没有收到任何回复。政府的回应总是极其缓慢。居家办公的田中拨通了厚生劳动省推进防止虐待措施办公室的电话。虽然田中明知电话打通后很可能一无所获，可是，如果想把工作继续下去，就必须不厌其烦地、一次次地主动询问。

作为 2018、2019 年度的调查研究项目之一，隶属厚生劳动省的推进防止虐待措施办公室针对全国的儿童保护措施协会实施了少年照护者实情调查。2018 年度的调查结果显示，在所有儿童保护措施协会中，只有 27.6% 的协会清楚地了解少年照护者的概念。

推进防止虐待措施办公室的电话接通后，田中询问对方：2020 年度是否实施少年照护者调查？

"今年也有实施的计划。"对方简洁地回答了一句后，接着说道，"由于针对各地儿童保护措施协会的调查不能全面地反映实情，我们计划今年针对教育机构实施调查。我们希望能通过这次的调查，得到更全面的结果。"

迄今为止，政府还未曾针对教育机构实施过调查。田中按捺住内心的兴奋，再次询问道：

"有哪些教育机构会被纳入调查计划？"

"主要是各初中和高中。不过，究竟是针对教育委员会，还是针对学校进行调查，目前，文部科学省正在商讨之中。学校受疫情影响严重，不便再给他们施加更大的压力。"

田中还从电话中得知，此次调查的范围将涉及全日本都、道、府、县的各教育机构。虽然大约一个月后才能最终确定具体的调查范围和内容，但是，具体实施调查的委托机构已被确定。

田中立刻向组长松尾报告，提出先于其他报社进行报道。但松尾认为，最好继续跟进一段时间后再做决定。因为如果没有厚生劳动省与文部科学省最终的协调结果，就无法写出一篇内容翔实的报道。另外，松尾认为目前还没有很多报社重点关注少年照护者问题。他觉得每日新闻社依然在孤军奋战。而且，之前的报道即使登上了《每日新闻》的头版头条，其他报社似乎也无动于衷。因此，松尾劝诫田中静观其变，寻找能够详尽报道的时机。

一个星期之后，10月1日，田中再次拨通了推进防止虐待措施小公室的电话。接电话的恰巧还是上次和田中通话的工作人员。他告诉田中："还没有进展。"田中追问："是否有其他媒体询问过此事？"他回答说："偶尔有记者打来过电话。"

田中又打通了文部科学省的电话，对方的回复是"目前还不能确定具体的合作方式，但是，正在加紧研讨"。

三天后，10月4日，星期日，下午6点，正在家中的松尾接到了编辑部副部长齐藤信宏的电话。齐藤在电话中说：

"共同通讯社发文称，厚生劳动省将实施全国少年照护者调查。"

因为每日新闻社也是共同通讯社的成员之一，所以收到了登载文章的通知。松尾一边在心里想"糟糕，被别人抢了先"，一边镇静地说："我们也马上出一篇。"齐藤说："这可是我们每日新闻社一直在追踪报道的主题，虽说已经到了这个点儿，但我一定尽量把头版的位置给你们留出来。"

田中正在东京都内的一家酒店参加朋友的婚礼。当他看到来电显示是松尾的名字时，脑海中闪过了一丝惊喜："难道是……"放下电话后，田中跑出会场，跳上一辆出租车，匆匆赶回了家。由于时间紧迫，松尾根据采访记录，代替田中起草了原稿。晚上9点，一篇标题为《政府首次针对初、高中生实施调查》的报道在《每日新闻》的新闻网站上发布。第二天，该报道醒目地登上了《每日新闻》的头版。

然而，第二天几家地方报纸也在头版或社会版转载了共同通讯社的文章。虽然是在同天发行，但还是险些被其他报社"捷足先登"。松尾向田中道歉："是我判断失误了。真是抱歉。"好在转载的报纸只是地方报纸，而不是每日新闻社的直接竞争对手——全国发行的各大报社。不过，虽说是地方报纸，可毕竟登上了头版头条。事后，采访组陷入了反思：我们一直在振臂高呼"要让公众知道少年照护者的存在",可是,当公众终于将目光投向少年照护者时,我们却险些错失良机。

全国调查是否能揭示少年照护者的真实情况？如果政府只是做做样子,那么,实施全国调查将毫无意义可言。

少年照护者大多抱有"不被他人理解"的失望感、"害怕别人知道"的青春期特有的羞耻感,因此,少年照护者最大的特点是独来独往。尤其是照护的家人患有精神疾病的少年照护者,他们与外界"绝缘"的倾向更为严重。

某些政府官员非常担忧学校对少年照护者不够了解。他们认为,小学老师与学生的关系亲近,能够较好地掌握学生的家庭情况。然而,高中老师很可能并不了解学生的家庭情况。

"找老师也没用"

横滨市的坂本拓（29岁）曾照护患有抑郁症和恐慌症的母亲。

坂本上初中二年级的一个夜晚,发现母亲倒在客厅的地板上,手腕鲜血直流,一把刀掉落在母亲身旁。看到眼前的一幕,坂本马上意识到发生了什么。但是,母亲为什么要割腕自杀,坂本无从知晓。过后,母亲也从来没有向他做过任何解释。因为当时是深夜,赶来的救护车没有鸣笛。母亲被抬进悄无声息地停在家门口的救护车里接受了治疗，并没有被送进医院。这晚，拉开了坂本照护母亲的序幕。

没过多久，母亲二婚的丈夫搬了出去。大坂本 4 岁的姐姐也离开了家。母亲经常反复说着"不想活了！""没有钱怎么办？"，一直闹到深夜，不肯睡觉。坂本极力安慰着母亲，不断地告诉她："别担心，有我呢。"母亲精神状态不好的时候，做的咖喱饭味道怪异，难以下咽。慢慢地，坂本代替母亲承担起了做饭、买菜等家务。母亲每次犯病呼吸急促的时候，坂本就紧紧地攥着母亲的手，大声地说："妈妈，看着我的眼睛！和我一起做深呼吸！"当时，坂本年纪还小，这是他唯一能想到的让母亲平静下来的方式。

坂本上高中以后，用打工挣的钱买了一辆摩托车。他喜欢和朋友一起旅行，梦想将来能成为一名修理汽车和摩托车的技师。然而，就在憧憬着未来的时候，他被告知母亲得了抑郁症和恐慌症。他去查过，但弄不太明白母亲究竟得的是什么精神疾病。高中毕业以后，坂本放弃成为一名技师的梦想，报考了精

翻看着儿时的相册，回想当年自己照护母亲时的情景的原少年照护者坂本拓。

神保健专科学校。他之所以这样选择,是为了能够更好地照护母亲。

坂本从来没有向老师或朋友提及母亲的病情。他认为,"就算向他们提起,他们也不会理解"。坂本明白,母亲不想让别人知道自己的病情。而且,他也清楚地知道人们对精神病患者抱有怎样的偏见。当学校的朋友们谈论各自的母亲时,他总是撒谎说他的母亲很好,工作繁忙。上初中的时候,坂本是学校田径队的队长。他平静的外表欺骗了学校的老师和同学。甚至,在家校三方面谈[4]时,老师也没有觉察到异样。从专科学校毕业后,坂本在一家精神疾病患者的福利机构找到了工作。母亲不希望自己再拖累坂本,决定和坂本分开,独自生活。

坂本并不看好全国调查的结果。他说:"仅凭从学校管理层收集的信息,看不到少年照护者真正的问题。"坂本认为,必须采访少年照护者本人,才能挖掘出深藏在表面之下的问题。目前,坂本是一个由精神疾病患者子女组成的自助团体"Kodomo Pia"的负责人,他认识许多和自己经历相似的年轻人。他说:"有些少年照护者遇到过有耐心的老师,跟老师说过父母的病情。我希望,至少与孩子关系最密切的班主任老师,还有学校的校医,能多问问这些孩子家里的情况。"

"少年照护者吗?一年大概有十几个吧。"一名关西中学的女校

---

[4] 家校三方面谈,指教师、学生、监护人三方参加的面谈,是学校组织的例行活动,通常讨论学生的学习情况、考试成绩、未来的目标、在学校和家庭的生活、社团活动等各方面的内容。

医说。

这名校医告诉采访组,她作为学校保健室的老师,能够较全面地掌握学生的情况。从学生迟到、上课睡觉到不良生活习惯、身心健康状况等等,都有所了解。

她在工作中一旦发现有以上问题的学生,便会与这个学生的班主任老师联系,让这个学生到保健室休息。班主任也会和各科老师协商,酌情减少这个学生的作业量。例如,有一个学生的母亲患有精神疾病,同时弟弟身体残疾。为了照护弟弟,这名学生长期处于睡眠不足的状态。她经常找机会让这名学生去保健室休息。

不过,这名校医并不能得到所有老师的配合。有些老师不愿在生活层面帮助学生。这名校医也透露:"干预学生家庭事务让自己感到不安。有时,自己也会因为爱莫能助而焦虑。"

另一所学校的一名女校医指出,教师之间认知上的差异是造成"援助障碍"的原因之一。她曾看见有的教师批评因照护祖母而迟到的学生,声称"照顾祖母不能成为迟到的理由"。这名校医认为"必须从了解少年照护者入手,避免说出伤害这些孩子的话语"。她曾建议校方,邀请专业人士对教师进行培训。

学校可以成为少年照护者们为数不多的容身之所,但是,目前并没有一个有组织的体系支撑学校与福利机构的合作。大多数学校没有意识到少年照护者问题的存在。迄今为止，能够回应孩子们呼救的，仅限于个别教师，而具体如何回应也只是依靠这些教师的个人判断。

学校社会工作者（SSW）作为教育机构和福利部门之间的桥梁，在工作中也感到困难重重。因地区差异，不同地区的学校社会工作者的人数不同。东京的一名社会工作者称，她一个人同时担任几所小学和初中的社会工作者，虽然她本人希望能够在早期发现少年照护者，并及时给予这些孩子帮助，但是，具体工作执行起来非常困难。由于社会工作者负责的学校过多，导致学校无法及时向社会工作者咨询。等学校终于联系到社会工作者时，学校和学生家庭之间的关系已经发展到了极其紧张的地步。这样的例子屡见不鲜。

11月4日，《每日新闻》早报第三版刊登了一篇特别报道，该文披露了坂本及一些学校相关人士对全国调查的期待和担忧。

《首次全国调查 该如何理解孩子们的沉默？》

这篇特别报道介绍了一名20多岁的女性的经历。该女性来自静冈县。她从上小学时开始和患有躁狂抑郁性精神病的母亲一起生活。虽然她很想找朋友和老师倾诉，但是家人告诫她"家丑不可外扬"。另外，该文中还提到，由大阪齿科大学滨岛淑惠等组成的研究小组实施的一项调查发现，学校掌握的学生情况与学生的实际情况不符。该调查是在 2016 年针对大阪府 11 所公立高中的 138 名教师实施的。该调查结果显示，班主任老师认为"班级中照护家人的学生数"占全体学生人数的 1.5%（77 人）。然而，直接询问了 10 所学校共 5,246 名学生后，这一问题的结果竟高达 5.2%（272 人）。由此可见，还有很多学校老师并不知晓的少年照护者。

2014 年，地方当局在东京都世田谷区进行了首次少年照护者实情调查。调查结果显示，22% 的家庭护理机构与"少年照护者家庭"

以往关于少年照护者的调查

时间	调查对象	调查地区·数量	调查结果		调查者
2014年	家庭护理机构	东京都世田谷区 164家	与少年照护者家庭签约	22%	世田谷区
2015年	小学、初中教师	新潟县南鱼沼市 271人	接触过疑似少年照护者的儿童/学生	25.1%	日本照护者联盟
2016年	小学、初中/特殊学校教师	神奈川县藤泽市 1,098人	接触过疑似少年照护者的儿童/学生	48.6%	日本照护者联盟
	高中教师	大阪府 138人	感觉在照护家人的学生	1.5%	滨岛淑惠·大阪齿科大学副教授
	高中生	大阪府 5,246人	回答自己是少年照护者	5.2%	滨岛副教授等
2018—2019年	儿童保护措施协会	全国 849家	不明晓少年照护者的概念	72.1%	厚生劳动省
	高中生	埼玉县 3,917人	回答自己是少年照护者	5.3%	滨岛副教授等
2020年	就业结构基本调查数据重新计算		15~19岁照护家人的少年	全国估计 37,100人	《每日新闻》
	护理经理	全国 1,303人	负责过有少年照护者的家庭	16.5%	《每日新闻》、Internet Infinity 公司
	高中二年级学生	埼玉县 约55,000人	11月发布		埼玉县

签约。日本照护者联盟也分别在2015年、2016年以新潟县南鱼沼市和神奈川县藤泽市的教师为调查对象，实施了少年照护者实情调查。然而，以上地方当局和研究者实施的调查，仅限于特定地域的特定对象，缺乏全面性。因此，要求政府实施全国调查的呼声越来越高。

11月17日，在参议院文教科学委员会召开的会议上，国民民主党的伊藤孝惠议员就政府实施全国调查的方法，向文部科学大臣萩生田光一提出了疑问。伊藤是少数关心少年照护者问题的议员之一。她一直热心关注《每日新闻》的专题报道，并在专题报道见报之前，就向成蹊大学的涉谷智子请教过关于少年照护者的问题。

伊藤： 这是《每日新闻》在11月4日刊登的一篇文章。文中明确表示，掌握少年照护者的实际情况有很大的难度。我听说，下个月将（在全国）进行调查。但是，计划使用的调查方法，仅仅是通过各教育委员会对校方进行访谈。我认为，至少还应访谈学校的班主任老师和校医。在必要情况下，也应该直接访谈学生。此项调查必须充分收集个人信息。请问，您对此意见如何？

萩生田： 我也认为仅凭与校方的访谈难以查明真相。据说，厚生劳动省正在考虑通过学校直接对学生实施问卷调查的可能性。文部科学省将与厚生劳动省合作，继续讨论最大限度掌握少年照护者实际情况的调查方法。并且，调查时，此次调查的目的、调查结果的用途都将仔细地告知被调查学生。

萩生田在回答中使用"据说，厚生劳动省正在考虑……"的措辞，可能是考虑到文部科学省不好对主要负责制定方针政策的厚生劳动省"多嘴"吧？然而，政府对不仅访谈校方，也访谈学生的建议表明了采纳的态度。次日，在《每日新闻》的早报上，报道了上述会议的内容。

可以说，政府决定实施全国调查的举措，在揭示少年照护者的真相上迈出了决定性的一步。不过，调查结果预计在几个月后的2021年春季才能公布。该调查究竟能够获取多少真相？面对调查结果，政府又将采取什么对策？一切都难以预测。

没有杀死母亲的少女

我想把妈妈杀了。

这一令人惊骇的念头,源于上中学时妈妈扇她的一记耳光。

小圆(化名)吃完喜欢的冰激凌后,把一次性勺子扔进了垃圾桶。这一个随意的举动,让她的脸上挨了母亲一巴掌。

"啊?为什么呀?为什么?"被打蒙了的小圆不记得当时妈妈骂了她什么。她只记得,自己错愕地呆立在原地。

小圆的妈妈在44岁时生下了小圆。小圆10岁时,爸爸病逝。从那以后,小圆和妈妈两个人在仙台相依为命。小圆的妈妈喜欢社交,经常招呼很多"妈妈友"[5]到家里做客,还不时地教她们做陶艺、烤蛋糕。小圆的家里总是人来人往,热闹非凡。

小圆妈妈的怪异举动不仅出现在"冰激凌事件"中。

妈妈常把小圆刚洗完晾好的衣服收起来。"还没晾干呢,你怎么就收了?"百思不得其解的小圆试图阻止正在收衣服的妈妈。结果,妈妈冲着她就是"啪啪"两巴掌。

妈妈好像丧失了语言表达能力。她回应小圆时,巴掌总是比言语先到。

有一天,妈妈骂小圆不是人,活脱脱就是鬼投胎。小圆回嘴道:"不是你生的我吗?!"没想到,小圆话音未落,就遭到妈妈一顿暴打。

又有一天,妈妈打完小圆后,看着哭泣的小圆,竟然茫然地问:"你怎么了?"

忍无可忍的小圆开始反抗,她和妈妈对骂、厮打。母女俩常常闹到深夜,直到筋疲力尽地倒头睡去。日复一日,几乎天天如此。

渐渐地,妈妈连家务也做不好了。端上桌的菜炒得焦黑。小圆问:"焦成这样,能吃吗?"回复小圆的,又是妈妈的一顿暴打。

小圆开始洗衣服、买菜、做饭。可是,她不会做饭,总是煮一把面条,再拌点儿酱油和醋,或者,干脆吃冷冻速食。已经搬出去住的

---

[5] 妈妈友,指妈妈们通过孩子认识,成为同为家长(妈妈)的朋友。这种朋友关系通常在公园、幼儿园或托儿所等地方建立。

姐姐有时回来给她做些菜放进冰箱，小圆心里满怀对惦记着自己的姐姐的感激，一点一点省着吃。

"自从晚上开始和妈妈吵架以后，早上我就不能按时起床了。上学迟到成了家常便饭。不过，我去学校也只不过是为了吃学校提供的午餐而已。

"我成了问题学生，经常被老师叫出教室训话。上学的路上，为了能放松一下，我总是听着音乐。可是，我的随身听被老师没收了。我和同学处得也不好，成天和他们不是吵架就是打架。现在回想起来，那时的我确实是个招人厌的刺儿头。

"有时候，我想干脆把家里的情况一股脑儿地告诉学校的老师。可转念一想，就算告诉了老师，又能怎么样呢？

"老师家访的那天，我家没有烧火取暖的煤油了，家里冷得像冰窖一样。老师和妈妈根本无法交谈，一问一答牛头不对马嘴。

"家访过后，老师对我的态度稍稍好了些。"

小圆终于将"真相"展示给了老师，可是，她担心家里的状况过于悲惨，自己在别人眼中变成可怜虫。不过，虽然学校的老师清楚地了解了母亲的情况，小圆的学习生活也没有丝毫好转。小圆心想："果然，就算老师知道了，也没什么用啊。"

"救命啊！"夜里和妈妈厮打的小圆经常大声呼救，但是，在小圆的记忆中，没有一个邻居跑来帮她。渐渐地，以前经常来家里做客的人消失了，小区有什么活动，也没人来通知小圆和妈妈。最后，小圆家被排除在了小区的住户之外。

小圆的救命稻草是大她差不多20岁的哥哥和姐姐。哥哥和姐姐都已成人。他们发觉妈妈的状态不对劲后，将妈妈送进了医院。

小圆快60岁的妈妈被诊断出"皮克病"（这是当时对此病的叫法。现在，这种病被称为"额颞痴呆"）。尽管妈妈的病确诊了，可小圆的生活依旧没有改善。

小圆无法向朋友倾诉。

学校不供应午餐的日子，妈妈给小圆准备的午餐饭盒里只有冷冻蔬菜。为了不让同学看到，小圆总是避开同学，一个人躲起来，偷偷地把饭盒里的东西吃掉。

小圆妈妈白天被送去日间护理中心。有一天，一个同学问小圆：

"小圆，你妈妈白天在护理中心吗？"

这个同学之所以这样问，是因为她的妈妈在那间护理中心工作。

丢死人了，丢死人了，丢死人了！好想找个地缝钻进去，钻进去，钻进去！

小圆不想让别人知道自己的妈妈是个"不正常"的人，因为她想做一个正常的孩子。她一直在努力地装作自己是一个正常的孩子。然而，同学的询问让小圆脆弱的自尊心跌落在地，摔得粉碎。

不过，那位同学并没有对其他同学提起这件事，也没有因为这件事嘲笑小圆。

放学回到家里的小圆独自面对妈妈的生活就这样继续着。妈妈对小圆的谩骂和毒打一天也没有停止过。在小圆的记忆里，被妈妈打倒在地的自己睁开眼睛后，常常分不清落入视线的是天花板还是地板。

大概在这段时期吧，小圆的脑海里经常会映出一个画面：妈妈横尸在地，浑身无力的自己像虚脱了一般站在妈妈身旁。

杀了她！结束这一切！小圆知道，如果杀了母亲，自己也会受到相应的惩罚。所以，小圆决定，杀了母亲，然后，自我了断。

上课的时候，小圆一边在脑海中回想着自己在新闻中看到的有关杀人的知识，一边计划着如何杀死妈妈。

① 把妈妈淹死在浴缸里，盖上浴缸的盖子。

② 用枕头压住妈妈的脸。

③ 打开煤气，和妈妈同归于尽。

那时候，互联网还不像今天这样普及。对于一个少不更事的初中生来说，能够想到的杀人的办法，无非也就这么几种。不过，小圆并没有实施自己的杀人计划。

有一天，小圆突然想起，学校发放的传单上好像有供儿童求救的电话号码。她拨打了那个号码。可是，求救电话只能在"工作日早上9点到下午5点"之间拨打。

小圆气愤极了，她心想：谁会在这个时间段杀人啊？是在深夜呀，只有在深夜的时候，才想杀人，才想自杀，才想求救啊！

小圆上高中以后，生活出现了转机。哥哥搬回了家，并且，接管了大部分照护妈妈的工作。她去姐姐家的时间越来越多。不过，小圆看着用敬语跟妈妈讲话的哥哥，心里感觉怪怪的。

一次，小圆在作文中描写了家人的情况。国语老师把小圆叫到办公室，仔细地询问了她家中的情况。小圆说完后，老师脸色凝重地说：

"今天放学后，你跟我去社区照护援助中心。"

什么是社区照护援助中心？小圆不明白老师在说什么。在这位热心的老师的帮助下，小圆的母亲终于住进了医院，并且，开始接受治疗。在小圆的眼里，这位老师犹如普度众生的神灵一般，浑身散发着耀眼的光芒。

现在，小圆已经27岁了。想起妈妈，她的内心依然充满了极为复杂的情绪。这些复杂的情绪，很大一部分来源于妈妈随着病情的恶化，完全忘记了小圆。

爸爸早逝，哥哥和姐姐与小圆的年龄相差又大，可以说，小圆是独享着母爱长大的。小时候，小圆常常天真地问妈妈："哥哥、姐姐，还有我，妈妈最爱谁？"那时候，小圆从来没有怀疑过妈妈对自己的爱。

上高中后不久，小圆和妈妈在一起的时间越来越少。很快，妈妈就不认识小圆了。怎么一下子就被妈妈忘了呢？小圆承受不了这样的打击。在她看来，被妈妈遗忘，几乎等同于否定了自己是妈妈的孩子。

"不能原谅！绝对不能原谅！"小圆心里充满了对妈妈的怨恨。小圆没有去看望过住院的妈妈。在她心里，那个曾经无限依赖与喜爱的妈妈已经不存在了。

2019年11月，小圆的妈妈去世了。

小圆两位同学的妈妈参加了葬礼。小圆在和她们的交谈中，才知道这两位同学的妈妈去看望过住院的妈妈。

她们说："你妈妈以前是个很热心的人。大家都很感激小圆妈妈呢。"

这时，小圆才想起来，妈妈生病以前家里热闹的情景。她们说："你妈妈是多么光彩照人哪！"光彩照人？小圆觉得这个词用在妈妈身上，多么新鲜哪！

考大学的时候，小圆选择了福祉学专业。她自己也说不清楚为什么选择了这个专业。大学毕业后，小圆先是在一家老年保健机构工作，后来入职东京都内的一家"康复之家",担任管理工作。由于工作关系,小圆渐渐地能够从照护者和被照护者两个角度,客观地看待需要照护的家庭。终于,小圆也能够平静地回顾自己的过去了。

小圆终于明白,患有认知障碍的妈妈虽然用蓝莓果酱做饭、给自己准备的被褥尺寸过小,但是,她用自己的方式,努力地做着一个"好妈妈"。殴打自己,对自己恶语相加,也是因为妈妈不能很好地用语言表达,万般苦闷中无法控制自己的行为所致。妈妈曾经因为在工作中频频出错而痛苦,可能从那时起,妈妈就已经得了认知障碍。尽管如此,妈妈还是坚持着去工作。对小圆来说,"原来如此"的事情数不胜数。

是妈妈教会了小圆如何刷牙、骑自行车,是妈妈教会了小圆如何生活。其实,在小圆的内心深处,她一直深爱着自己热情、活泼的妈妈。

小圆工作的"康复之家"为老人们订阅了报纸。

2020年3月的一天,有位老人翻阅着一份《每日新闻》。平时不怎么读报的小圆,偶然瞟到了报纸上的标题——《少年照护者 小小护理人》。

"奶奶,能给我看一下这份报纸吗?"小圆想都没想,就开口向看报的老人说道。那是采访组的第一篇专题报道。读完报道后,小圆不禁在心中暗想:"这讲的不就是我吗?!"一名评论家的评论给小圆

小圆接受采访时,带来了从报纸上剪下来的文章,还有听姐姐给自己讲过去的事情时记的笔记。

留下了很深刻的印象:"孩子照护家人绝非美谈。"

此后,小圆一读到有关少年照护者的文章,就剪下来仔细地阅读。一边读,一边还用荧光笔画出精彩的句子。同时,小圆也开始关注互联网上有关少年照护者的新闻。6个月后,小圆毅然决然地给采访组发出了一封电子邮件。

2020年10月中旬,小圆接受了采访组的采访。站在火车站前的小圆着装随意,肩上背着一个布制手提袋。可能是因为紧张,小圆的表情略显僵硬。可是,她说话时语气柔和,给人一种朴实、友好的感觉。采访组在车站附近的一家家庭餐厅里对小圆进行了采访。

小圆从手提袋里拿出了一个文件夹。文件夹里装着从《每日新闻》上剪下的文章。小圆笑着说:"读到这篇文章时,我真的大吃一惊哦。"和其他受访者不同,小圆一边接受采访,一边在摊开的笔记本上记录。她的字迹非常娟秀。

"那时,我没有一秒钟不在想怎么杀死她。真的。"小圆要倾诉的话太多,第一次采访结束后,采访组又和小圆约了第二次采访的时间，地点同样是这家餐馆。最终，小圆的采访一共耗时足足10个小时。

  小圆接受第二次采访的时候，神户市照护者杀人案件的报道刚刚见报不久。小圆直言，读了每日新闻社神户分社的新闻报道后，她感觉谋杀照护亲人的 A 宛如另一个自己。在 A 的身上，小圆似乎看到了多年前的自己。

  小圆上初中的时候，也没有可以倾诉的人。一直是姐姐在负责和妈妈的护理经理联系，所以每次见到那名护理经理时，因为对方是不熟悉的"大人"，自己都会感到十分紧张。小圆自问：如果 A 向自己倾诉，自己该如何回应？

  "我觉得，A 一定是看不到她的周围有更为广阔的世界。小孩子的世界非常狭小。对 A 来说，身边的亲人就是她全部的世界。

  "不能忽视小孩子的无知。小孩子真的什么都不懂。所以，他们不知道要向外界求助。"

  小圆说话的方式很奇特，但话语中的热情极为饱满。

  看到社交媒体上公众对 A 亲戚的责骂，小圆感到十分心痛。她说："他们也参与了照护，也一样筋疲力尽。对他们恶语相加，就能阻止悲剧发生吗？"

  很多人在网络上发声，认为应该把 A 的祖母送入护理机构。小圆对这些言论更是抑制不住地愤怒："A 的祖母想住在自己家里啊！

不是吗?!怎么能这么简单粗暴？难道把老人送进护理机构就万事大吉了吗?!"

作为一名护理专业人士，小圆明白，家人不用独自承担照护亲人的重任。她认为，平衡照护家庭与护理机构之间的照护内容、帮助照护家庭制订合理的照护计划，是社会福利机构的工作。"这些专业人士究竟在做什么呢？"小圆情绪激动地说。

另外，小圆觉得，作为一名福利工作者，自己本应能够做得更多更好……可是，只能眼睁睁地看着谋杀案件、虐待事件一次又一次地发生。小圆感到心痛不已的同时，也意识到了社会福利、医疗服务的欠缺。小圆在大学学习了有关社会福祉的知识后，更加深切地感受到了在护理机构照护老人的重要性。她认为，护埋机构的工作充满了创造性，并且，还有很大的改善空间。若能倾注热情与巧思妙想，一定可以让照护者和被照护者的脸上都洋溢着微笑。

27岁的小圆相信，照护并不仅仅代表着痛苦与艰辛。

她说："我很后悔自己那时没

离开故乡，在老年人康复之家工作的小圆。有时，她会来这条商业街上的花店，为康复之家购买鲜花。

能理解妈妈。现在,我想做一个向曾经的自己伸出援助之手的人。"

"是什么让你最终没有杀死妈妈呢?"

当采访组向小圆提出这个问题之后,小圆陷入了沉思。她似乎在极力搜索着恰当的词语。良久,她开口道:

"可能是因为我没有勇气吧。我清楚,杀了人,自己也要偿命。

"说没有勇气,可能也不太准确……

"也许,我比神户的Ａ运气好些吧。我得到了周围的人的帮助。

"那时,我完全看不到未来。我觉得明天、后天都会像今天一样。我只知道,必须拼了命地活下去。神户的Ａ当时一定也是这样吧?

"考虑该用什么方法杀死妈妈的时候,我也有过自己可能下不了手的想法。有些人在照护病人的时候,大脑会突然出现一片空白。这种时候,很容易萌生出杀死眼前这个人的冲动。如果那时我的大脑里也出现了一瞬间的空白,估计我也把妈妈杀死了。"

最终,小圆没有用过激的行为反击母亲的暴力。小圆觉得,是因为自己生而为人的本性没有泯灭。也正是作为一个人的本性支撑着小圆活到了今天。突然,小圆寂寥地说:

"我很感激自己当时没有杀死妈妈。"

11月,阳光明媚。我们和小圆漫步在商业街上。路过一家花店的时候，小圆指着那间花店，笑着说：

"我在这里给康复之家买过花。好贵哟！"

记述小圆经历的文章刊登在了《每日新闻》上。文章的旁边，附着一张采访时拍摄的小圆的照片。之所以选择了小圆的背影，是因为采访组决定在文章中使用化名。

虽然从照片上看不到小圆的脸，但是，小圆的表情平静而欢快，犹如 11 月里温暖明媚的阳光。

第四章

一班一人

埼玉县照护者援助条例

2020年3月6日,埼玉县县议会讨论了《埼玉县照护者援助条例》。

此条例的提案人之一、埼玉县议会议员吉良英敏(自民党)称:"该条例旨在防止无偿提供照护的人失去自我,陷入被孤立的境地。"

吉良英敏指出,家人照护将成为埼玉县政府今后最重要的课题之一。同时,吉良英敏列举出了一系列其他亟待解决的问题,如埼玉县高龄人口正在以全日本最快的速度增长,居民中核心家族比例较高,很多儿童及脑损伤患者需要近医疗级别的护理等。

《埼玉县照护者援助条例》中的照护者指无偿为高龄、残疾、患病者提供贴身护理、看护、日常照料的人。该条例以"创建健康文明社会"（第一条）为目的，以社会全体援助照护者为理念。在条例中，特别将未满 18 岁的照护者定义为"少年照护者"，并且，强调埼玉县是全国各都、道、府、县中第一个援助照护者的县。

在议会的会议上，一名非提案者的议员建议：可以把少年照护者定义得更详尽一些。

吉良对此建议回应道："您的建议非常合理。其实，小学生和高中生（少年照护者）的需求不尽相同。可是，少年照护者的情况过于多样化，很难将所有的情况都列入条例。今后，我们将依据少年照护者实情调查的结果，针对各种不同的情况，逐一进行探讨。"

该条例根据儿童福祉法中的规定，将少年照护者的年龄确定为"未满 18 岁"，并且，就此特别列出了条文。在第三条中，称 18 岁之前是"培养在社会上独立生存的基础能力和发展人类基本素质的重要时期"，明确指出必须"确保少年照护者的受教育机会，并为其身心健

埼玉县照护者援助条例。该条例以社会全力支援照护身边亲人的照护者为理念，明确指出了县政府应承担的责任。并且，单独为未满 18 岁的少年照护者列出了条文。

康成长提供援助"。该条例一经通过，县政府便进入制订照护者援助计划的程序。该援助计划将要求县内各学校及教育委员会确认少年照护者的教育、健康和生活状况，并为少年照护者提供咨询、介绍援助机构等服务。另外，还将要求该县居民加深对少年照护者的理解，防止少年照护者被孤立的情况发生。

与会的各派议员一致赞成提案，他们表示：

"该条例非常重要，应该被当作全国的典范。"

"必须了解县内的情况。可以考虑在县立高中实施少年照护者调查。"

一般来说，在议会会议上对提问做出回应的是县政府当局。然而，在这次会议上，却是由提问方的吉良出面作答。这是因为该条例是议员的提案。

条例是以宪法第 94 条等为基础，由地方政府通过议会审议制定的规则，可理解为"贴近人民生活的规则"。条例虽然不能超越法律和政令，但是具有强制地方当局和居民履行其应尽的义务，且对不履行者处以惩罚的效力。《埼玉县照护者援助条例》提出了援助照护者（包括少年照护者在内）的理念，要求县内各部门努力实施，但不强制。也就是说，该条例是一项"理念条例"，即使不遵守，也不会受到惩罚。

像这样由地方议员提案的情况并不常见。一般的程序是，执政党的领导人提前与地方政府幕后协商，将执政党的主张预先体现在地方政府制定的政策之中。全国都、道、府、县议会议长大会的数据表明，2020 年 47 个都、道、府、县审议通过的提案中，各都、道、府、县政府知事的提案约为 2,600 项，而议员的提案仅为 89 项。在议员提案的情况下，由提案的议员在议会上回答其他议员提出的问题（如在照护者援助条例提案的情况下，回答问题的是吉良等人），并"请求"议会通过提案。

在全国 47 个都、道、府、县当中，为什么埼玉县第一个提案呼吁援助照护者呢？

其契机是援助家庭照护者的"日本照护者联盟"向国会议员提出了立法请求。2010 年成立的"日本照护者联盟"请求国会的自民党照护者议联制定"照护者援助法"，但是，并没有得到政府的积极回应。

担任自民党照护者议联会长的野中厚是由埼玉县选出的众议院议员。在野中的努力下，自民党埼玉县议团决定审议提案。一般来说，若难以制定法律，就先制定条例。2019 年 6 月，埼玉县议团成立了条例制定项目小组（PT）。

项目小组的组长由吉良担任。年轻有为的吉良当时任第二期县议会议员。吉良出生在真言宗寺院，持有僧侣资格，曾任政界权威小泽一郎的秘书十余年。项目小组在听取了日本照护者联盟及相关学者的建议、与县政府进行协商之后，确定了条例的内容。

自民党埼玉县议团之所以能够接受该条例的制定，与埼玉县特殊的政治形势密不可分。在埼玉县县议会中，自民党的议员占大多数。他们与前任县长上田清司，以及在2019年以候补身份当选的县长大野元裕均保持着一定的距离。他们用积极提案、呼吁为县民做实事的方式和县长派划分阵营。

《每日新闻》的采访组获知埼玉县动态后采访了吉良。

2019年12月7日，日本照护者联盟在东京都文京区召开"照护者论坛"，邀请吉良等人发表演讲。此次论坛的与会者除了关注照护者援助的地方议员以外，还有原少年照护者。采访组的向畑泰司和田中裕之也来到了会场。一名从冈山县前来参加论坛的护士（女性，36岁）曾经照护自己患有精神分裂症的母亲，她的名片上印有"赋予少年照护者的经验以意义"的字样。此时，虽然埼玉县议团已开始建构照护者援助条例的框架，但是，还没有将少年照护者纳入条例的内容。

吉良的演讲结束后，参会者发出了"请在条例中加入有关少年照护者的内容"的请求。吉良在接受向畑的采访时明确表示："一定将少年照护者的内容加入条例。"

照护者援助提案经过县议会委员会的审议，有望获得通过。采访组抓住时机，以《埼玉县有望首次颁布援助少年照护者条例》为标题及时进行了报道（3月26日早报）。恰巧在四天前，关于重新统计总务省调查数据的文章，作为"少年照护者"专题报道的首篇文章见报。于是，在采访组的建议下，颁布条例的消息不仅作为地方新闻在埼玉县本地报道，而且作为全国新闻，刊登在了《每日新闻》（东京版）的第六版上。

要求将援助法律化的日本照护者联盟的理事长堀越荣子（日本女子大学名誉教授）为该篇报道发表了充满期待的评论：

"在视照护家人为理所应当的日本，制定照护者援助条例具有划时代的意义。我想强调的是，尽早发现少年照护者至关重要。少年儿童每天的大多数时间都在学校度过，因此，必须明确学校的职责。从儿童到老人，全国各地均有需要被照护的人，希望政府将援助法律化。"

3月27日，在埼玉县的县议会会议上，全员一致通过了援助照护者的提案。次日（28日），《每日新闻》早报刊登文章《掌握实情、援助教育 埼玉县颁布全国首个援助条例》，详细介绍了该条例的内容，并报道了埼玉县政府正在考虑实施少年照护者实情调查的消息。

该报道还介绍了海外少年照护者的相关法律制度、援助措施等，继续持观望态度的日本政府与之形成了对比。

英国是援助照护者的先驱国家。早在其2014年颁布的《儿童与家庭法》中，就明确界定了少年照护者为"照护他人、未满18岁"

的少年。在英国，成人年龄为18岁（日本于2022年开始实施修正《民法》，成人年龄将由20岁降至18岁）。英国的《儿童与家庭法》规定，地方当局有义务了解少年照护者的情况。即便未成年人或其父母未提出申请，若地方当局认为"有必要"，便可自行判断并提供减轻少年照护者负担的援助服务。

早在20世纪80年代，英国为了推进居家福利，对社会保障制度进行了修订，在那时便已开始关注少年照护者的问题。1988年，在一项针对英国桑德韦尔市25所中学教职员工实施的调查中，发现了95名少年照护者。1996年，英国政府首次实施调查，从该调查结果推测出全英国的少年照护者约为19,000~51,000人。2011年实施的英国国情调查结果显示，仅在英格兰，少年照护者就有166,363人。

自2000年以来，英国每年都会召开一次"少年照护者集会"，参会者均为来自英国各地的中学生及年龄更大的青年照护者。集会场地上支满帐篷，开展各种娱乐活动。在这里，少年照护者们可以自由地交流各自的经历，提出自己的需求。据说，近几年参加集会的多达约1,500人。参会的少年照护者提出的建议被英国政府及医疗等机构采纳，并直接在少年照护者的援助政策当中实施。

2020年1月25日，以成蹊大学的涉谷智子为中心的研讨会在东京都内举行。某英国援助团体的负责人海伦·莱德比特在发言中说：

"在集会上，我们会询问少年照护者在生活中以什么为优先，什么能让他们感受到生活的快乐。

"他们的回答多种多样，有对家人疾病的了解、对少年照护者的理解、资金上的援助，以及希望获得帮助，让自己有略微喘息的时间等。他们最期冀的，是有人倾听他们的心声。少年照护者需要的援助因人而异，各不相同。"

研究者的先行调查

在埼玉县政府和日本政府实施调查，以及采访组对少年照护者进行专题报道之前，前文中介绍过的大阪齿科大学的滨岛淑惠研究小组，已率先开始了对少年照护者的调查研究。虽然其调查范围有限，但当时大众对少年照护者还非常陌生，他们的调查可谓极为重要的先行研究。

2016年，该研究小组针对大阪府10所公立高中的学生实施了调查。根据5,246人的反馈结果，"约每20人中有1人"为少年照护者，少年照护者的总数达272人（5.2%）。《每日新闻》晚报（大阪版）于2018年1月18日在头版报道了该调查结果。这一调查被称为首次以高中生为对象的大规模问卷调查。

随后，滨岛开始在全国范围内寻找愿意协助调查的高中。一次偶然的机会，她通过熟人认识了埼玉县一所高中的领导。这名领导认为少年照护者的调查极具重要性，并承诺滨岛埼玉县的11所公立高中将配合调查。于是，滨岛研究小组在2018年11月至2019年3月期间，在埼玉县实施了调查。与滨岛熟识的向畑、田中和研究小组的研究者们都对该调查结果翘首以待。

埼玉县与大阪府的情况相似，城市区域大，核心家庭越来越多。很可能照护家人的孩子也处于孤立无援的状况，生活艰难。

采访组的成员一致认为："如果两个地区的调查结果相同，那么，就能得到国内关于少年照护者问题的重要指标。"

2020年5月，田中终于收到了滨岛研究小组发来的调查结果分析报告。

从11所公立高中共得到3,917份有效反馈。反馈显示，541人（占13.8%）"必须护理、帮忙照顾家人，并给予家人精神安抚"。其中，241人（占总人数的6.2%）回答"自己在承担照护工作"。

不过，在上述241人中，有35人并没有照护患病、残疾的家人，而是照顾"年幼的弟妹"。滨岛非常理解高中生因照顾弟妹深感负担的沉重心情，可是，判断一名学生是否是少年照护者，还需要这名学生更多、更具体的信息。因此，无奈之下只能忍痛割爱，将这35人的结果排除在了统计之外（在大阪实施的调查中，也采取了同样的方法）。该调查的最终分析结果显示，少年照护者共计206人（占5.3%）。

通过对调查结果的分析，可知这206名少年照护者的照护频率由高至低排列的顺序为："每天"（66人）、"一周四五天"（42人）、"一周两三天"（34人）。在上学的日子里，照护时间为"一个小时以下"的最多，为86人；"两个小时以上"（一般认为，一旦照护时间超过两小时，便会导致学生无法平衡学习与照护）的为49人；在不上学的日子里，照护时间为"四个小时以上"的为52人，"两个小时以上"的为79人。

照护对象（多项选择）的排序为：祖母（93人）、母亲（49人）、祖父（43人）等。被照护者的状态主要包括：身体残疾、身体机能衰退、疾病、痴呆和精神疾病。关于照护内容（多项选择），最多的回答为买菜、做饭等家务（95人），其次是情绪安抚（85人）、搬运重物（78人）、伴随外出及外出时的照顾（61人）等。

"照护多长时间"（177人回答）的中位数[1]为"3年11个月"。该项回答的结果表明，超过半数的学生在上中学前便开始照护家人。还有学生的回答为"16年"，即从很小就开始照护家人。

滨岛通过电话，向采访组就这次调查的结果进行了说明。

"埼玉县高中生中的少年照护者人数占5.3%，这一结果与2016年在大阪实施的调查结果（5.2%）非常接近。在全国高中生中，少

---

[1] 中位数，指按顺序排列的所有数据中居于中间位置的数值。

年照护者的人数占相当大的比例,可以说,这是不争的事实。不过,因为调查的对象只是一部分高中生,所以调查还具有一定的局限性。另外,酗酒者或赌博者也是被照护者,但因无法明确给出症状的名称,有些照护酗酒者或赌博者的高中生很可能没有做出回答。肯定有一部分少年照护者并没有被计算在调查结果之中。还有一点,这次调查的对象中没有包括不上学的学生。据高中老师说,真正有困难的孩子是上不了高中的。由此可见,少年照护者的实际人数一定多于调查结果显示的数字。"

政府第一次发布新冠疫情紧急状态宣言期间,采访组拿到了埼玉县实施的针对少年照护者调查的结果。为了使埼玉县少年照护者调查结果的报道不被新冠疫情的新闻淹没,采访组决定等一段时间再刊登。

紧急状态宣言取消以后,8月,采访组撰写的关于护理经理的报道见报。9月28日,关于滨岛研究小组的调查结果的报道在早报上刊登。

当天,《每日新闻》(大阪版)的头版头条上,也出现了以下标题:《5%的高中生"每天"照护家人,"一天4个小时"》。

关于大阪齿科大学滨岛研究小组调查结果的报道,被当作"地方特色新闻"备受赞誉。以埼玉为管辖范围的东京总社也在其头版刊登了以《20名高中生中就有1名在"照护家人"》为标题的文章。

20名中有1名，也就是说，在一个班级中，就有1名或2名少年照护者。推特上掀起了一片"竟然如此严重"的惊呼声。

埼玉县，超过5万人的调查

全国首个照护者援助条例发布之后，埼玉县成立了照护者援助委员会，并于2020年6月8日，在线上召开了首次会议。国际医疗福祉大学研究生院教授石山丽子当选为委员会的会长。成蹊大学的涉谷、日本照护者联盟的堀越均为委员会的委员。

采访组的田中在县政府旁听了会议。旁听席上没有其他媒体的记者。

埼玉县议员吉良坐在田中后排，他指着手中的资料对田中说："看这里！"

吉良拿在手里的资料中列举了埼玉县少年照护者实情调查计划的概要：

　　（1）调查对象　县内高中二年级学生　约55,000人（反馈率目标80%）

　　（2）调查方式　寄送调查问卷至县内各学校，通过校方要求学生回答问卷。校方统一回收问卷后，寄回县政府。

※ 县立高中 139 所、市立高中 5 所、私立高中 48 所、国立高中 1 所

该调查是政府首次实施的针对当事人的调查，计划调查的对象囊括了埼玉县内所有高中二年级的学生，多达 55,000 人，其规模远远超过了滨岛等进行的抽样调查（县内 11 所高中）。看到这里，田中不禁由衷地发出赞叹："真了不起啊！"吉良也笑着竖起了大拇指。

该调查将调查对象确定为高中二年级学生，是出于对高中生实际学习生活情况的考虑。高中一年级学生刚入学不久，加之受新冠疫情的影响，对高中生活还不习惯；高中三年级的学生临近高考，学习紧张。因此，埼玉县政府认为，最合适的调查对象是高中二年级的学生。

调查问卷的题目分选择题和自由阐述题两类。照护身边亲人的状况、照护对自身生活的影响等以选择题的方式询问，苦恼、愿望等以自由阐述的方式回答。会上，涉谷提出了"各委员是否能够协助精炼调查问卷题目"的请求。与会者一致同意，由县政府与专家学者委员合作，制作高中生易于回答的调查问卷。

一个月后，7 月 21 日至 9 月 11 日，埼玉县实施了针对全县高中二年级学生的问卷调查。县政府将问卷邮寄至各学校，并要求学校直接从学生手中回收问卷。

鉴于大多数学生不熟悉少年照护者的具体含义，县政府与委员会在制作问卷时，尽可能将问题设计得"简单易懂"，并在问卷的第一页给出了少年照护者的定义："少年照护者是指日常承担本应由成年人承担的做家务、照顾家人等重任，未满18岁的孩子。"同时，添加了由日本照护者联盟制作的10类少年照护者的图示。

此外，为加深学生和教师对调查的理解，对该调查的目的也进行了简单的说明：

"承担重任的少年照护者得不到社会的充分理解，他们中的很多人，每天都被各种问题困扰着。为了援助照护者、少年照护者，县政府决定实施援助计划（《埼玉县照护者援助计划》）。援助计划的内容将由县政府和各位县民共同协商确定。为了确保在方案中体现每一位县民的意见，县政府现针对县内高中二年级学生进行此次调查。十分感谢您的配合！"

由于网上调查便于统计、分析调查结果，县政府曾讨论过使用网上调查的方式实施调查。但是，考虑到"很可能有些学生没有智能手机或无法上网，因此，全员调查的前提必须是纸质调查"（县地区综合照护科）。

据说，一名厚生劳动省的工作人员（主管少年照护者问题），在听到自己在埼玉县上高中的女儿说"收到了关于少年照护者的调查问卷"时，不禁感慨："真是超前啊！"

经过两个多月的统计与分析，11月25日，埼玉县政府发布了调查结果。

在县内193所高中的高二学生（55,772人）中，48,261人回答了调查问卷，问卷回收率高达86.5%。如此之高的回收率应该是校方发放、回收问卷的结果。

针对"自己是少年照护者，或曾经是少年照护者"的问题，回答"是"的为2,577人（5.3%）。不过，其中，608人的照护对象为年幼的弟妹，而非残疾或患有疾病的家人。埼玉县排除了这608人，排除的理由与大阪齿科大学的滨岛研究小组的理由相同。因此，少年照护者最终被确定为1,969人（4.1%）。

在1,969人中，性别（除去没有对性别做出回答的问卷）分别为女性1,160人、男性767人、其他36人。"6名女性对4名男性"的比率和以前的调查结果相近。更多的女性承担照护重任，这一结果与采访组之前在采访中的感觉一致。

根据滨岛之前的抽样调查结果推测，在大阪府和埼玉县的高中生中，"约20人中有1人"为少年照护者。埼玉县的调查结果显示，"高中二年级的学生中，约25人中有1人"为少年照护者。两次调查的结果相近。

成蹊大学的涉谷作为委员会委员参与了调查工作，她认为："调查结果的具体数据显示，今后学校的老师应接受'每班有 1 名少年照护者'的现实。"

少年照护者的现状

高中二年级的少年照护者的家庭状况是怎样的呢？

照护对象为"1 人"的少年照护者共有 1,339 人（占全体少年照护者人数的 68%，下同）、"2 人"的有 290 人（占 14.7%）、"3 人"的有 79 人（占 4%），没有回答的为 261 人（占 13.3%）。一人独自照护两三个家人的学生的占比约为 20%。

"照护对象是谁"（多项选择）的调查结果如下：806 人（占 36.9%）回答"祖父母、曾祖父母"，524 人（占 24%）回答"母亲"，492 人（占 22.5%）回答"兄弟姐妹"，242 人（占 11.1%）回答"父亲"。

关于"照护对象的身体状况"（多项选择），以下几种情况排在前列：回答"患病"的为 626 人（占 28.6%），回答"因高龄而身体衰弱"的为 446 人（占 20.4%），回答"身体残疾"的为 340 人（占 15.6%），回答"痴呆"的为 288 人（占 13.2%）。

通过分析"照护对象是谁"和"照护对象的身体状况"两组数据的相关性可知，因高龄导致身体衰弱的祖父母、曾祖父母占比

50.5%；父母的情况则多为身患疾病，其中母亲患有精神疾病的比例为 18.5%，居第二位；与其他家人相比，父亲患依赖症的占比较高，为 12%。

那么，照护内容（多项选择）呢？

关于照护内容，回答准备饭菜、洗衣服、打扫卫生等"家务"的最多，为 1,143 人（占 58%）；807 人（占 41%）回答陪伴等"情感安抚"，638 人（占 32.4%）回答购物、搬运重物等"家庭管理"。

照护频率，回答"每天"的最多，为 696 人（占 35.3%），其次是"一周 2 到 3 次"，为 441 人（占 22.4%），"一周 4 到 5 次"的回答者为 312 人（占 15.8%）。在上学的日子里，用于照护的时间，回答"不到 1 个小时"的有 795 人（占 40.4%），回答"1 到 2 个小时"的有 539 人（占 27.4%）。也就是说，约七成的学生照护家人的时间不到两个小时。

然而，95 人（占 4.8%）回答"4 到 6 个小时"，47 人（占 2.4%）回答"6 到 8 个小时"，回答"8 个小时以上"的竟有 30 人（占 1.5%）。这说明相当一部分学生被迫长时间照护家人。成蹊大学的涉谷指出："我们必须重视忙于上课、社团活动、完成作业的高中生，每天还要花费几个小时照护家人的情况。"

有一名学生在"自由阐述"一栏中，记述了母亲因重病住院 3 个月期间发生的事情：

"每天去看妈妈，往返要花两个小时。大多数家务也是我做。虽然我有哥哥和姐姐，但他们一点儿忙也不帮。在那段时间里，我感到学习压力特别大。真希望有什么援助能减轻一些我的负担。"

虽然只是短短的 3 个月，但在这 3 个月中，这名学生确确实实是一名少年照护者。

调查结果也表明，少年照护者在休息日里照护家人的时间多为"不到一个小时"和"一到两个小时"。"不到两个小时"的人数占比约为 50%，并不比平时少。由此可见，时间宽裕的休息日是很多学生用来照护家人的日子，而不是休息、放松的日子。

一名学生在"自由阐述"一栏中写道："我从初中二年级开始就是一名少年照护者。刚开始的时候，我感到压力极大，常常因为劳累病倒。"高中之前开始照护家人的少年照护者占全体少年照护者的 70%。长期处于学习和照护两难境地的学生不在少数。

调查结果显示，688 人（占 34.9%）从"初中开始"照护家人，395 人（占 20.1%）从"小学四至六年级开始"照护家人，从"高中开始"照护家人的为 383 人（占 19.5%），从"小学一至三年级开始"照护家人的为 238 人（占 12.1%）。回答"从小学入学之前开始"照护家人的竟有 148 人（占 7.5%）。

关于照护理由（多项选择），调查结果如下：回答"父母工作繁忙"的为 585 人（占 29.7%），回答"父母患病、残疾、精神疾患、住院"的为 407 人（占 20.7%），回答"自愿进行照护"的为 377 人（占 19.1%），回答"兄弟姐妹患有残疾"的为 327 人（占 16.6%）。

另外，由于"日语不是父母的母语"，在日常生活中为父母充当翻译的学生共有 141 人（占 7.2%）。虽然为父母做翻译没有"照护"的感觉，但这些孩子确实属于少年照护者中的一类。有名学生不清楚自己是否属于少年照护者，但是，他/她在问卷中写道："我经常因为父母不是日本人而感到困扰。"具体原因是：不能和父母顺畅地沟通，生活习惯与周围的人不一样。这名学生还写道："我希望能过和大家一样的生活。"

针对"和自己共同承担照护的人"的问题（多项选择），回答人数由高至低的排列顺序为："母亲"1,083 人（占 55%）、"父亲"774 人（占 39.3%）、"祖母"356 人（占 18.1%）、"姐姐"323 人（占 16.4%）。由此可见，与少年照护者一同承担照护重担的主要是有血缘关系的亲人，包括父母、祖父母、兄弟姐妹等。另外，回答"没有人"，即自己一个人承担照护重任的学生有 138 人（占 7%）。

有一名学生在"自由阐述"一栏中吐露了自己的担忧："我非常担心自己的未来。现在，有奶奶帮我。奶奶和我一起照护着爸爸。可未来呢？以后我能做什么工作？结不结婚？我觉得自己的未来一片黑暗。"

现在，这名学生和奶奶一起照护着父亲，父亲的公司为他们支付生活费。因此，目前一切安好。让他/她惴惴不安的是"未来"。

照护家人对孩子的影响体现在身心两方面。关于"对学校生活的影响"（多项选择），最引人注目的回答为以下几个："感到孤独"（376

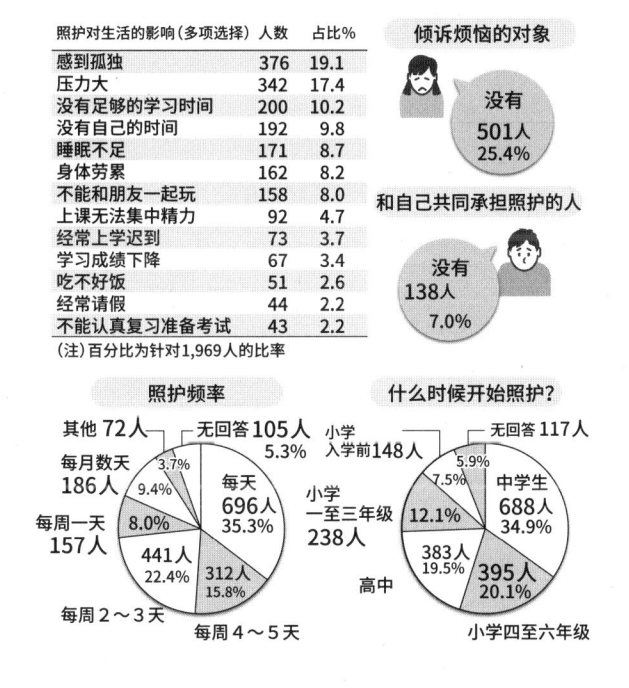

照护对生活的影响（多项选择）	人数	占比%
感到孤独	376	19.1
压力大	342	17.4
没有足够的学习时间	200	10.2
没有自己的时间	192	9.8
睡眠不足	171	8.7
身体劳累	162	8.2
不能和朋友一起玩	158	8.0
上课无法集中精力	92	4.7
经常上学迟到	73	3.7
学习成绩下降	67	3.4
吃不好饭	51	2.6
经常请假	44	2.2
不能认真复习准备考试	43	2.2

（注）百分比为针对1,969人的比率

倾诉烦恼的对象
没有 501人 25.4%

和自己共同承担照护的人
没有 138人 7.0%

照护频率
其他 72人
无回答 105人 5.3%
每月数天 186人 9.4%
每周一天 157人 8.0%
每周2~3天 441人 22.4%
每周4~5天 312人 15.8%
每天 696人 35.3%
3.7%

什么时候开始照护？
小学入学前 148人 7.5%
无回答 117人 5.9%
中学生 688人 34.9%
小学一至三年级 238人 12.1%
小学四至六年级 395人 20.1%
高中 383人 19.5%

埼玉高中二年级学生，1,969人曾为少年照护者。

人，占19.1%)、"压力大"（342人，占17.4%）、"没有足够的学习时间"（200人，占10.2%）。

虽然有825人回答照护对自己"没有影响"，但是，也有很多学生受到了较严重的影响，如："睡眠不足"（171人，占8.7%），"经常上学迟到"（73人，占3.7%），"吃不好饭"（51人，占2.6%），"经常请假"（44人，占2.2%）。

一名高中老师在接受采访时透露："处于成长期的少年照护者，身心还未成熟，却承担着过多的责任与重担。有些学生因此身心疲惫、精神崩溃。"在调查问卷的"自由阐述"一栏中，有些学生指出了学校对待少年照护者的弊端："我也不想迟到，可我不得不照护家人。因为照护家人迟到而被学校记过，我觉得特别委屈。"

少年照护者照护家人的时间越长，压力越大，对学习时间、升学等各方面的影响也越大。不过，在回答"感到孤独"的学生中，除了照护时间为"6至8小时"的学生之外，居于第二位的是照护时间"不到1个小时"的学生。由此可见，少年照护者之所以感到压力大，不仅与照护时间的长短有关，可能还有其他各种复杂的原因。

另外，从对问题项"照护的烦恼、不满"的回答可知，501人（占25.4%）（相当于每4名少年照护者中有1名）的烦恼是"没有倾诉的对象"。

在回答了"倾诉对象是谁"（多项选择）的1,142人中，回答"母亲"的最多，为713人（占62.4%）；其次是"朋友"，为428人（占37.5%）；回答"父亲"的为385人（占33.7%），回答"兄弟姐妹"的为340人（占29.8%）。

有些学生在问卷中写下了自己的愿望：

"希望能有一个专门为高中生少年照护者组织的交流会。这样就有人可以倾诉了。如果有什么事情的话，也可以和别人商量商量。"

"希望更多的人能够了解身心疾病，不要歧视患有身心疾病的人。希望大家能够向身边患有疾病的人伸出援助之手。"

调查结果显示，"向班主任老师倾诉"的学生仅有34人（占3%），"向保健室的老师倾诉"的学生仅有7人（占0.6%）。但是，在网上向不认识的人倾诉的学生有56人（占4.9%）。真是一个极具讽刺色彩的结果。

304名（占15.4%）少年照护者认为，受新冠疫情的影响，照护负担加重；七成左右的少年照护者（1,364人）认为，照护并没有受到新冠疫情的影响。

在回收的调查问卷中，有些反馈文字犹如悲鸣：

"待在家里的时间越来越多，父／母亲酒喝得越来越凶。"

"因为生病的父／母亲绝对不能感染新冠，自己只好请假不去学校。请假太多，学习都跟不上了。"

关于"希望得到什么样的援助"(多项选择),最引人注目的几个回答为:"烦恼的时候有地方可去、有人可倾诉"(316人,占16%)、"能有值得信任且可依赖的大人"(286人、占14.5%)、"作业、学习辅导"(259人,占13.2%)。

然而,在该项回答中,占最高比例的回答竟然是"没有"(752人,占38.2%)。有些学生似乎已经全然放弃,已经不再对大人们抱有任何期待。他们写下的文字语气极为冷淡:

"别突然来关心,说什么'少年照护者很辛苦''他们需要援助',让真正辛苦的人安静一会儿吧。虽然告诉同学们身边有少年照护者是好事,但是,如果因此在学校被特殊对待,那仅有的一处可以稍微喘口气的地方也没有了。要是真的想帮助少年照护者,就多传播些相关的正确知识吧。"

东京都的一名定时制高中老师在接受采访时,提醒采访组必须了解处在青春期的少年照护者的言行特点。他说:

"尽管为了了解实情,必须采取积极的态度,但是,如果一不留神说得太多,或做得太多,就会引起学生的反感。这个年纪的孩子一旦产生反感的情绪,马上就会沉默不语,绝对不再多说一个字。学生们一般会向他们觉得信任的老师倾诉。"

另外，很多学生反馈："第一次听说'少年照护者'这个词语。"

有学生说："知道自己是少年照护者后，似乎有种得救的感觉。"

采访组之前采访原少年照护者时，也听到过类似的话语。成蹊大学的涉谷由此推测，调查也许能够成为少年照护者客观、深入地"认识自己"的契机。

《每日新闻》11月26日的早报报道了前一天公布的调查结果：《埼玉县针对县内55,000名学生实施调查　高二学生中有1,969名少年照护者》。

东京总社在社会版头条登载了该报道，并在二版分析了学生因照护而产生的孤独感、压力，以及长时间/长期照护的负担。尽管在报社内部，关于是否应该在面向全国的报纸上登载埼玉县的调查报道出现了分歧，但最终由于"在未实施全国调查的情况下，该调查结果反映了国内少年照护者的情况，具有领先意义"，该报道被刊登。由于该调查是地方政府首次实施的大规模调查，因此，各大媒体也相继进行了报道。

同日，埼玉县照护者援助委员会召开会议，听取了县政府针对调查结果的报告。

针对回答"照护对学习生活没有影响"的学生占比 40% 的调查结果，委员会委员饭田敦（埼玉县高中校长协会会长）从一线教育工作者的角度，发表了自己的看法：

"根据平时与学生接触的经验，我感觉高中二年级的学生面对这样的问题，大多会回答'没有影响'。我们不能简单地相信（调查结果）。高二的学生很喜欢逞强，这一点我们需要特别注意。"

饭田还坦诚地告诉大家，这次调查的结果让学校的老师们极为震惊。另外，他还表明："学校有这么多的少年照护者，校方必须给予他们援助。"

涉谷在接受采访组的采访时，针对援助方法阐述了自己的意见：

"由于照护情况复杂，照护带给孩子们的烦恼和不安各不相同。因此，校方最好能够为负担沉重的少年照护者提供援助，让他们在学校里过得轻松愉快。而且，应该将援助内容明确地告知少年照护者，让少年照护者自己决定是否需要接受援助。最重要的是，为少年照护者创造一个在任何情况下都能够得到大人帮助的环境。此外，学校还应根据学生的照护情况，和他们一起探讨协商今后的职业发展方向。

"孩子们每天的大部分时间都是在学校度过的，因此，我们要最大限度地利用学校的优势，建立起一个援助系统。另外，除学校之外，福利、医疗部门也应为少年照护者提供援助。"

全国调查的展开

埼玉县展开了全面援助少年照护者的工作。2021年2月19日，埼玉县召开议会，审议2021年度预算提案。会上，县长大野强调："一定要推动普及、开启照护者及少年照护者的援助工作，推进咨询人员等相关人力培训，促进学校和地方各部门间的配合。"

埼玉县照护者援助计划（2021—2023年度）设立了5个目标：

①将目前对照护者、少年照护者的认知率从不到20%提升至70%。

②培训1,000名教育、福祉相关人员。

③将县内26个市、町、村开设的照护者一站式服务窗口扩设至所有的市、町、村。

④将县内53个市、町、村举办的照护者沙龙扩大到在所有的市、町、村举办，以防止照护者被孤立。

⑤对援助中心的职员进行咨询培训。培养3,000名照护者援助人员。

援助项目的支出已被列入原始预算。具体项目有：在学校开设"少年照护者援助班"，请原少年照护者讲述自己的经历，邀请高中生和

埼玉县照护者援助委员会召开会议，讨论少年照护者援助计划草案。

市、町、村教育委员会成员及家长教师协会会员参加。与此同时，在班级中讲解说明政府的援助政策；为防止包括原少年照护者在内的孩子们由于无法向他人倾诉，而处于孤立无援的境况，举行线上会议，倾听少年照护者的烦恼；编写面向小学、初中和高中学生的普及手册。

2021年4月，北海道栗山町首次实施照护者援助条例。此后，各地方相继开始制定援助条例，并开始调查当地的少年照护者情况。在这一系列举措中，埼玉县作为"模范县"备受瞩目。

埼玉县实施的少年照护者调查，将采访组的工作向前推进了一大步。埼玉县的做法可谓是了解少年照护者实情、探讨援助少年照护者方法的模板。

然而，从滨岛研究组及埼玉县实施的三项调查的结果中，不能推测出全国少年照护者的状况。首先，"每个班级中1到2名"少年照护者的比例，反映的只是埼玉县和大阪府的情况。其次，已实施调查的对象仅限于高中生，小学生和初中生中，少年照护者的状况并不明了。最后，在已实施的调查结果分析中，排除了照护兄弟姐妹的少年照护者。

"在地方社区²尚存的边缘地区，照护家人应该更容易得到邻里的帮助。陷于严重境况的少年照护者的人数应该不多吧？"

"以东京为首，很多大城市中核心家族较多。'少年照护者占儿童人数的5%'这一数据是否能在全国通用？"

采访组一边思考着上面的问题，一边耐心地等待着政府在2021年春发布全国调查结果。

---

² 地方社区，指居住在农村、乡镇等地方的居民为了让居住地充满活力，共同努力成立如邻里互助会、老年人协会、妇女协会、儿童协会等各种团体，并开展不同活动。在这些地方，邻里之间经常互通有无、相互帮助。

「我是少年照护者?」

"我再问一次啊,企鹅是什么动物?"

高桥唯问妈妈。

"嗯……哺乳类……不对,是鱼类。"

妈妈纯子犹犹豫豫地回答。

"好啦好啦,企鹅是鸟类!"

小唯笑着对妈妈说。

这是在会场展示给观众的一段母女闲聊的视频。

2020 年 7 月 18 日,是小唯 23 岁的生日。家住关东的小唯受邀,来到东京都荒川区的一个终身教育中心，做了自己生平第一次公开演讲。

小唯52岁的母亲纯子，因患高度脑神经功能紊乱，导致记忆力和思考能力衰退。小唯从小陪伴、照护着母亲。

为了让参加讲座的人更好地了解母亲的病情，小唯特意录制了本节开始的视频。有一天，纯子望着一幅企鹅的画，问小唯："企鹅是在河里生活吧？"小唯给母亲讲解了一遍企鹅的生活方式后，打开了录像机。从录制的视频中可以看出，纯子完全没有记住小唯刚给她讲解过的东西。

小唯一面给观众们看视频，一面说：

"我妈妈的言行举止和小孩子一模一样。她在生我之前，就已经这样了。她是一个永远都长不大的孩子。"

曾经是少年照护者的小唯，今天依然照护着母亲。她是一名20多岁的"青年照护者"。

纯子无法独自出门。小唯必须告诉她出门的时间，还要把她需要带出门的东西一件件放进包里。在医院看到脚肿起来的病人，纯子会大声惊呼："看哪，那个人的脚好大呀！"这时，制止她的人也是小唯。母亲的行为让小唯很难堪。小唯坦言，其实在那一刻，她很想假装不认识妈妈。

穿插着讲完一件件发生过的类似事情，小唯结束了自己的演讲。

照护因交通事故导致高度脑神经功能紊乱的母亲的高桥唯（右）

这时，一名70多岁的女性向小唯提问道：

"今天，我是第一次听一名少年照护者讲述自己的经历。如果有一天，我遇到了一名少年照护者，请问，我能为他/她做些什么？"

"经常有人问我这样的问题，可是，我不知道该怎么回答才好……"小唯显得有些为难。

与其说小唯没有自信去教别人如何解决问题，不如说她不知该从何说起。因为少年照护者身处的环境因人而异，面临的问题多种多样、各不相同。

不过，小唯还是想告诉大家：

"如果小孩子觉得有一个大人总是关心着自己，那么，他/她很有可能会向这个大人吐露自己的心声。小时候,我特别期望能有一个大人听我讲讲压在我心头的话。"

小唯的意思是,希望人们能留意到小孩子发出的求救信号。

大多数原少年照护者在接受采访时,希望在报道中使用化名。他们担心,如果把家里的事情公之于众,不仅自己会招来周围人的偏见,还可能给家人造成心理负担。

然而,小唯从一开始就使用真名与公众分享自己的经历。在镜头前,她也没有遮挡自己的脸。

2020年4月,小唯在视频网站YouTube上注册账号,用"原少年照护者太郎兵卫和妈妈"的网名将自己的生活经历发布在网上。

小唯在社交平台上非常活跃。不仅每天在推特上记述自己和妈妈的生活点滴、抒发自己的感受,还写博客。小唯网名中的"太郎兵卫",是她以前养的小狗的名字。

为什么小唯要在社交平台上发声呢?

她说:"我想让大家知道少年照护者的存在。如果能有

接受采访的高桥唯

更多的人援助像曾经的我一样苦恼的孩子，那我也算没白受罪。"

然而，要经历多少苦难，才能有这样的心态啊。

小唯的母亲纯子在十几岁时遭遇车祸，大脑受损，导致右侧肢体行动不便。在家中，纯子可以扶着墙或家具小步挪动。可是外出时，必须借助手杖和步行车。小唯的父亲大母亲 6 岁，在小唯出生的前一年，因交通事故失去了左臂。

小唯从还没上小学的时候起，就一个人踩着心爱的滑板车，去附近的超市帮妈妈买东西。以小唯妈妈的思考能力，完全意识不到小女孩一个人出门非常危险。她觉得，孩子只是去买一下东西而已，又会怎么样呢？

有一天，开车回家的父亲在路上遇到了小唯。后来，父亲告诉小唯，当时他还在想："这么小的小姑娘，怎么一个人在路上走呢？"结果再仔细一看，竟然是自己的女儿！"我被吓出了一身冷汗！"父亲说。

纯子因为记忆力衰退，不能给小唯读绘本。所以，小唯总是自己读绘本。

有一天，台风要来了。学校给家里打电话，让家长去学校接孩子。事发突然，纯子表达不清楚"我通知我丈夫去接"的意思，便自己摇摇晃晃地赶去了学校。接上小唯以后,母女俩在大风中艰难地走回了家。回到家的母女俩筋疲力尽,在地上瘫坐了半天。

纯子不太会做饭。有一次,她竟然把半生不熟的肉端上了桌。吃坏了肚子的小唯吃尽苦头。从那以后,还在上小学的小唯就学会了做饭。除了做饭之外,小唯还学会了检查冰箱,扔掉妈妈买回来的过期食品;把妈妈没有洗干净的碗碟重新洗一遍。小唯说:"妈妈能做的事情,慢慢地,我全都会做了。"不知何时,幼小的小唯发现,妈妈,靠、不、住!

纯子有酗酒的恶习。小唯上中学的时候,纯子酗酒非常厉害。她常常从傍晚开始就坐在厨房喝啤酒、清酒,等小唯放学回到家,她已经酩酊大醉。纯子是名副其实的"厨房酒鬼"[3]。

小唯在自己房间写作业时,经常听到从家里的什么地方传来"咚"的一声。她知道,这是步履蹒跚的纯子又摔倒了。声音特别大的时候,小唯就赶快跑出房间去帮妈妈。

小唯不明白:"为什么别的孩子能安心地做作业、快乐地参加社团活动,而我却要把自己的时间花在照顾妈妈身上?"

尽管不解,但小唯没人可以询问。就算有人能为自己答疑解惑,小唯也不敢去问。父母虽然身体残疾,却在努力地养育着自己。要是

---

[3] 厨房酒鬼,多指一边做家务一边喝酒,渐渐上瘾,发展为有酗酒恶习的主妇。

自己因为"照护父母"跟谁抱怨的话，那别人一定会误以为她"嫌弃、厌恶自己身体不健全的父母"。

爸爸要外出工作挣钱，所以由自己照护妈妈。这难道不是理所应当的吗？

因此，就算照护妈妈让小唯觉得不堪重负，她对父母也说不出一句抱怨的话。一旦抱怨，就好像自己在责备父母。父母身有残疾，一定比健全的自己辛苦几千倍、几万倍，怎么能责备他们？小唯的心里这样想着，跟谁也无法倾诉。即使在学校的好朋友面前，小唯也缄口不语。小唯觉得，在大家聊得热火朝天的时候，自己冷不丁地提起父母的事情，一定会把气氛搞糟。

不过，小唯找到了一个倾诉的好办法。她每天把心中的苦闷写在纸上，然后将其永久地封存起来。

起初，小唯把自己的心声写在一些不用的废纸上。不过，这些写满烦恼的纸张都被她扔了。因为过一段时间再读这些文字的时候，小唯发现自己写下的字句中充满了对父母的埋怨，不由得心生愧疚。而且，她也不喜欢纸上那个"犹如悲剧女主角"的自己。

上高中三年级的时候，小唯开始在准备大学面试的本子上写下自己的心情。至今，小唯记述的心路历程只有这一本被完整地保留了下来。在这个本子里，写着这样的字句：

"我的'母亲'只不过是一个依靠电子信号移动的物体。来学校参观、每天给我做饭的是一个叫作'母亲'的机器人。"

上初中以后，因为社团活动、家庭作业和补习班，小唯每天的生活变得忙碌而紧张。看着生活节奏缓慢的妈妈，小唯很不耐烦。自己的事情都做不完，还要照顾妈妈……小唯想有更多的时间去忙自己的事情，内心极为焦虑。

记忆力衰退的母亲搞不清日期，总买同样的东西。不管小唯回答多少次，还是一次次地问："你今天不上学吗？"做事颠三倒四，更无法做饭。妈妈完全像一个小孩子！小唯看着妈妈，怎么也想不明白，为什么自己的妈妈是这个样子？！不管什么事情，她都要反复说很多次。可是，不管她说多少次，妈妈还是记不住。小唯要被妈妈逼疯了。

"我和妈妈的生活节奏完全不同。"小唯说。

小唯在演讲中，用"河流"比喻自己和妈妈的生活。和小唯一样的健全者，犹如在滚滚长河中翻飞的蛟龙。然而，身有残疾的妈妈却无法追赶奔涌的水流。小唯不能任妈妈在河水中挣扎。她只能背起妈妈，在激流中奋进。负重前行的小唯，只能勉强让两人不沉入河底，不能像旁人一样在河中畅游。

小唯向往"普通人的生活"。然而，日复一日，她在不知不觉中，默默地接受了母亲令人困惑的言行举止和酗酒的恶习。她习惯了把一切不满和疑惑都压在心底。如果不想沉入河底，她就必须吞下一切，然后,咬紧牙关。这是她唯一的选择。

在小唯的本子上,写着这样一句话:"不再困惑,是唯一的正解。"

虽然小唯将不满和疑惑压在了心底,但在不经意间,愤怒和悲伤总会毫无预兆地喷涌而出。因此,小唯决定抛却喜怒哀乐,做一个没有情感的机器人。

不仅自己,妈妈也是"机器人"。如果妈妈有感情,那么,妈妈一定会因为"女儿什么都会做"而自悲自怜,也一定会因为每天被女儿责怪而难过。一想到这些,小唯就非常自责。不如把妈妈也当成无知无觉的机器人吧。这样一来,小唯心里反倒感到轻松许多。

小唯的本子上,还写着:"很难……我不想面对。"

当然,小唯无法毫无情感地生活下去。当她意识到自己做不到像一个机器人一样无感地生活时,沮丧到了极点。在学校,小唯一提到父母,就忍不住失声痛哭。

谁能想到,面对观众自信大方地演讲、在社交平台上活力四射的小唯,过去是一个郁郁寡欢的孩子?以前,周围的人对她的印象是"慢吞吞的,话也说不清"。学校的老师也批评她说:"怎么说什么你都一副事不关己的样子呢?"

纯子在小唯上高中的时候开始戒酒。她花了足足两年的时间,终于戒酒成功。小唯的生活,也因为不再受醉酒的母亲的折磨,改善了很多。

可是，处于青春期的小唯，依然不能像同龄的孩子一样玩耍或学习。为此，她非常遗憾。

小唯在演讲中说：

"小时候，我不能很好地用语言表达自己内心的感受。现在想来，小时候的我之所以那么痛苦，应该是因为我不能把'妈妈'当作妈妈。虽然我一点儿也不排斥每天帮妈妈做这做那，可作为一个孩子，我是多么渴望能被'妈妈'宠爱啊。"

其实，小唯直到最近，才意识到自己是"少年照护者"。

小唯在护理福祉大学读三年级的时候，也就是2018年的9月，纯子从楼梯上摔下来，撞到了头，被救护车送到了医院。虽然伤势不严重，但是，从楼梯上摔下来太危险了。小唯把妈妈的房间从二楼搬到了一楼，并动手给楼梯装上了扶手。装楼梯扶手的时候，小唯突然意识到：

"我做的是照护的工作啊。"

那时，小唯已经听说过少年照护者。但是，她从来没有把自己和"少年照护者"联系起来。刚听到"少年照护者"这个词语时，小唯觉得，"少年照护者"听上去有一种照护者居高临下地施舍被照护者的感觉。小唯是个孝顺的孩子，她不喜欢"少年照护者"给她的高高在上的感觉。父亲虽然失去了左臂，可依然每天勤勤恳恳地努力工作，还经常去打残疾人网球呢。照护母亲本来就是自己生活的一部分，怎么能是施舍？面对父母，做孩子的怎么可以居高临下？

纯子从楼梯上摔下来的那年 7 月，小唯参加了在东京举办的少年照护者座谈会。那段时间她正好非常郁闷，很想找人倾诉。她把自己的烦恼匿名写在了博客上，可不断地写了删、删了写。如果能和谁面对面地聊一聊就好了，小唯想。

少年照护者座谈会的主讲人是当时成蹊大学的副教授涉谷智子。涉谷邀请小唯加入了日本照护者联盟制订的"少年照护者研究计划"。该计划旨在支持少年照护者，为他们提供一个讲述亲身经历的场所。在那里，小唯遇到了很多和自己境遇相似的少年照护者。

"看来，只能靠'少年照护者'这个名字来寻找同伴啊。"

小唯无奈地接受了自己是少年照护者的身份。

同年 10 月，小唯第一次接受了媒体的采访。采访报道登载在 NHK 福祉信息网站上，虽然文章中使用了化名，但随文配发了小唯的照片。小唯很担心父亲看到后生气，但没想到父亲竟对这篇文章赞不绝口。后来，小唯又接受了 TBS 电视台的采访，并在 2019 年 9 月的"报道特辑"中使用了自己的真实姓名。

从那以后，小唯不时受邀去电视台录制节目、参加少年照护者的企划活动。另外，小唯也通过社交平台，讲述自己的亲身经历，与其他少年照护者交流。

2020年3月13日,小唯在自己家中接受了采访组的采访。

迎出门来的小唯欢快地笑着,挥着手跟我们打招呼。我们被带进客厅,大家在一张桌子旁坐下。纯子挨着小唯,坐在了她的身旁。

小唯一边接受采访,一边教纯子怎么用智能手机。这年4月,小唯就要开始工作了。纯子只能通过智能手机和小唯联系。

"妈妈,你要用Line给我发信息哦。"

"知道知道。"

纯子摆弄着手机,似乎不知道该怎么发信息。

母亲喜欢小唯的率真,小唯喜欢母亲的开朗。

"如果不按这个发送键，信息是发不出去的哦。"

"这儿啊！哦，哦，明白了！"

看着欢喜的纯子，小唯附和道："太好了！"

小唯刚刚结束了求职活动。和她一同在护理福祉大学求学的同学们，早在前一年的夏天就纷纷开始找工作了。可小唯必须先找到一家接受纯子的日间护理服务机构，才能考虑自己的工作问题。因此，小唯一直拖到秋天，才开始着手找工作。

尽管可以平衡工作和照护的职位少之又少，不过，小唯最终还是找到了一份可以轮班的工作。这样，小唯白天就有时间照护纯子了。

然而，小唯还没有找到接受纯子的护理服务机构。而且，纯子脚上的矫正器也需要重新调整。入职之前，小唯要做的事情堆积如山。

"等入职以后，我就要以工作为主了。一边工作一边照护妈妈的话，我能不能把妈妈照护好呢……"小唯担心地说。

在小唯家的院子里，采访组的摄影师把镜头转向了小唯和纯子。母女俩似乎都不太习惯面对镜头，脸上露出了羞涩的笑容。趁摄影师拍照的时候，记者问纯子："你最喜欢小唯的什么呢？"

纯子回答说："率真的性格吧。这孩子真的是有什么说什么呢。"

记者又问小唯："你最喜欢妈妈哪里？"纯子在一旁笑着阻止道："别问别问。她肯定说没有喜欢的。"

小唯慢慢地开口道："妈妈从不诉苦，总是乐呵呵的。正因为这样，我才能有什么说什么呀。"

接着，小唯又笑着加了一句："直言不讳，是我对父母最大的反抗。"

在小唯身上，已经完全看不到那个曾经因照护母亲而疲惫不堪，打算抛却情感，像机器人一样生活的内向女孩的身影了。

小唯找到了工作，最终，也找到了接收母亲的护理服务机构。然而，由于公司受到了新冠疫情的影响，小唯入职的时间被延后了。她只能在家里等待通知。

2021年3月，采访组再次联系到小唯，询问已步入社会大约一年的她近况如何。

"家务、工作、照护，想面面俱到太难了！公司里做兼职的大姐姐们一边育儿一边工作，她们真了不起呀！我做的事情跟她们没有什么两样，可我完全搞不定。我越来越佩服她们了。

"真希望我也能把自己的生活安排得妥妥当当。小孩子很可爱，所以，抚养孩子可能和照护妈妈有一点儿不一样吧？不过，我还是希望自己能更好地平衡工作和生活。"

小唯的生活仍在继续。她带着新的烦恼，一边努力地工作，一边尽力地照护着母亲。

第五章

全国调查结果

关于"年幼弟妹的照护"

2020年底至2021年初，政府首次针对学校实施全国调查之际，采访组内就"在全国调查中，如何处理照护年幼弟妹的情况"进行了讨论。

"照护年幼弟妹"属于家庭照护，日本照护者联盟将其归为10类少年照护者中的一类（即代替父母照护年幼的弟妹）。但凡关注少年照护问题的人士，对此都了如指掌。

既然是众所周知的事情，为什么还会引起争论？这是因为在埼玉县实施的政府调查，以及相关学者的先行研究中，都将照护年幼弟妹的少年排除在了少年照护者之外。

这些研究均将照护身患残疾或疾病的兄妹姐妹的少年确定为少年照护者,但是,排除了照护"年幼弟妹"的情况。其原因是"照护年幼弟妹"很可能只是接送弟妹去幼儿园/学校、做家务等,而不是照护残疾或患病的兄弟姐妹。

采访组就此采访了埼玉县政府,得知在调查中埼玉县将这类少年排除在外的理由是:难以判断这类少年是否属于少年照护者。一名埼玉县政府的受访者进一步说明道:"仅从帮忙做家务上,难以判断少年照护者的身份。""调查问卷无法反映每一个家庭的特殊性。"

采访组的山田奈绪并不认同上述回答。

在采访组召开的会议上,她直言不讳地说出了自己的想法:"按照这样的说法,照护老年人、残疾人的情况也是如此。他们的做法简直像是把照护弟妹的情况硬生生地推到了一边。"

此前,2020 年 7 月,山田曾在兵库县采访了经营儿童食堂的非营利组织 NPO。NPO 以山田不撰写个别儿童的特别报道为前提,接受了采访。一名工作人员在采访中说:

"少年照护者的人数之多,可能超乎您的想象。"

很多来儿童食堂吃饭的少年照护者都在照护自己年幼的弟妹。

有些孩子背着还在吃奶的弟弟或妹妹,有些上高年级的孩子带着上低年级的弟妹。如果问他们,"你爸爸妈妈呢?"他们总是含糊其辞。这些孩子在家里也照顾着弟妹。他们的衣着都算不上干净整齐。

NPO 的工作人员去这些孩子家里拜访时，发现很多家庭都需要援助。然而，大多数父母对援助持拒绝的态度。甚至，有些父母认为孩子因照护弟妹或帮爸爸妈妈干活无法上学很正常，当 NPO 的工作人员指出这一点时，他们竟然反问道："这又怎么了？"他们认为"孩子帮大人干点活儿天经地义。没有必要去上学"。

"像这样的父母，让他们接受少年照护者援助，真是难于上青天呢。" NPO 的工作人员无奈地说。可以说，少年照护者是贫穷、低收入单亲家庭等各种社会问题交织的产物。

脑海中突然跃入的这次采访，让山田猛然找到了答案。

有些采访组的成员认为，排除照护年幼弟妹的孩子，这一调查标准有一定的合理性。理由如下：若一个家庭自认为是"和睦相处"的家庭，那么第三方在多大程度上能够干预这个家庭内的事情？对这样的家庭提出"您家里有需要援助的少年照护者"是否合理？采访者能否判断孩子的负担超出了"家庭内互助"的界限？采访者的判断又能否得到读者的共鸣？

在一个家庭中，如果没有家人残疾或患有疾病等一目了然的原因，很难将照护年幼的弟妹归为"过度照护的负担"。更何况，调查问卷的问题有限，仅通过问卷调查，无法判明一个家庭的实际情况。因此，将难以判定身份的孩子从调查结果中排除，指出"至少有这么多的少年照护者确实存在",这种做法并非没有道理。

究竟是该追求调查结果的准确性,还是放宽对少年照护者的界定,以免在调查中遗漏少年照护者?采访组没有答案。

2021年1月中旬,采访组的田中裕之带着这个问题拨通了一位老朋友的电话。田中的这位老朋友在厚生劳动省工作。

"在埼玉县的调查结果中,把照护理由只是'照护对象年纪小'的孩子从少年照护者的人数中排除了,对吧?"

"是的。"

"全国调查结果统计中,也会这样做吗?"

"我们(厚生劳动省)认为,照护年幼弟妹的孩子也属于少年照护者。所以,应该不会这样做……"

田中的老朋友个人认为,应该将照护年幼弟妹的孩子统计在少年照护者之内。"不过,"他接着说,"这也要看协助调查的各位专家学者最终如何判断。但是,可以确定的一点是,国家不会因为埼玉县之前采取了那样的方法,就一定会采取同样的方法。"

山田和同事一起,非正式地咨询了不同的研究者。照护兄弟姐妹的问题在各研究者中也存在分歧。有研究者指出:"将调查对象集中在照护残疾/患病的父母、祖父母的孩子上较好。"

然而,也有研究者强调:

"不应该将少年照护者的定义狭义化。我们应最大可能地挖掘出至今一直被忽视的孩子们的痛苦。如果孩子们觉得自己'可能也是一名少年照护者',我们就应当给予其关注,不能因为少年照护者的定义而否定了孩子们的想法。正确的做法是扩展思路、扩大范围。"

3月1日,采访组在《每日新闻》的新闻网站上发文,就照护兄弟姐妹的问题向读者进行了解释说明,旨在向公众传达"少年照护者的照护对象不只是父母、祖父母,照护兄弟姐妹的孩子也是少年照护者"的信息,呼吁公众重新思考照护兄弟姐妹的孩子所承受的负担(该文在专题报道的一系列文章中,极为少见地使用了口语形式)。同时,这篇文章也隐含了采访组希望政府在统计全国调查的结果时深思熟虑的意愿。(在专题报道的整个过程中,采访组发表了好几篇类似的文章,用来解答读者提出的简单的疑问。)

《我也是少年照护者?兄弟姐妹的照护、被忽视的负担》

少年照护者不是只照护父母、祖父母的孩子,担负着照护残疾的兄弟姐妹、照顾年幼的弟妹等重担的孩子们,也是少年照护者。然而,人们经常将小孩子照顾小孩子的"兄弟姐妹照护"看作家庭内的互助,很容易忽视照护着兄弟姐妹的孩子们所承担着的重负。

"我也是少年照护者吗？有时，我的脑海里会闪过这样的疑问。不过，我很快就否定了自己。我的弟弟妹妹没有残疾，我也没有护理他们。照顾他们让我觉得辛苦，只是因为我自己太笨，没有找到照顾弟弟妹妹的方法而已……"一个上高中三年级的女孩说。

她照顾着上小学和上保育院的弟妹。在接受采访时，她表示准备晚饭、洗衣服、接送弟妹等家务，严重影响了自己的学习、社团活动，以及和同学、朋友的交流。

她的父母不是残疾人，也并非身患疾病，但不怎么做家务。女孩不仅像父母一样照顾着弟妹，还要时不时地倾听父母对生活的抱怨。在家中，她犹如全家人的精神支柱。这样的孩子，我们只是将她称为"了不起的孩子"，作为"美谈"倍加赞誉就可以了吗？

按照援助家人照护的日本照护者联盟对少年照护者的分类，"代替家人照护年幼弟妹"的孩子被归为一类少年照护者，而且，没有限定其照护的弟弟、妹妹必须是残疾的或身患疾病。很多孩子承担着大量诸如做饭、洗衣、打扫等家务，更有甚者，为了补贴家用出去打工。所有劳作不仅剥夺了属于这些孩子学习、玩耍、参加学校社团活动的时间，更有可能影响到他们未来的人生发展。

很多照护残疾/患病的兄弟姐妹的少年照护者，不仅背负着本应由父母承担的重任，而且不得不听疲于奔命的父母的抱怨。

少年照护者在很小的时候便被委以照护的重任，周围的人也期待着他们将来能继续照护残疾的兄弟姐妹。一定程度上，这极大地限制了少年照护者对未来生活的选择。

然而，照护兄弟姐妹的少年照护者承受的负担并不被社会所理解。有时，甚至不被家人理解。其中的一个原因是，他们承担的"照护"仅仅被看作一般的"照顾"。如果家人不是残疾或患病的情况，孩子所做的事情更容易被看作是"帮大人忙"。对这样的孩子，大家常常只是夸赞几句"真了不起啊""兄弟姐妹的关系真好呀"了事。

"理所当然"地照护着兄弟姐妹的少年照护者，为了不辜负他人的期待而不断努力，并且，将辛苦埋在心底。有些少年照护者甚至意识不到自己承担着怎样的重负。

在《每日新闻》专题报道的读者来信中，一名原少年照护者称"照护兄弟姐妹也有好处，不能一味地只看其负面"。如果有人分担照护工作，并且照护负担并不重，也许可以称之为"帮大人忙"或"一家人相亲相爱"。也有人认为，照护能促进家人之间的沟通，加深家人之间的感情。

然而，也有由于照护环境的改变，少年照护者的照护负担突然加重的情况。因此，从少年照护者本人、其家人，以及第三方的角度，很难确定少年照护者的身份。

2020年11月，埼玉县针对县内高中二年级学生实施的调查证实了上述观点。回答"认为自己是少年照护者"的2,577人中，排除了照护对象并非残疾/患病，而是"年幼弟妹（学龄前儿童、小学生）"的608人。埼玉县对此的解释是"难以判断其少年照护者的身份"。由于问卷问题的局限性，无法从学生的回答中判断其个人情况的特殊性，为了确保调查结果的准确率，只能选择排除这608人。

但是，如果不考虑家庭环境等因素，则很难看清少年照护者承受的照护负担。若是用一刀切的方式排除照护弟妹的少年照护者，会让很多孩子失去本应获得的援助。

厚生劳动省在这一年的冬天展开了首次全国调查。厚生劳动省的一名官员指出，照护兄弟姐妹的少年也应被看作少年照护者。并补充说，将与相关学者探讨后，做出最后结论。由此可见，厚生劳动省极为认真、周密地考虑了调查结果的统计分析方法。

针对"需对协"的调查

政府在针对学校实施全国调查之前，从2018年起，以全国需保护儿童对策地区协会（简称"需对协"）为对象，实施了关于少年照护者的问卷调查。"需对协"是以早期发现被虐待、有犯罪行为等需要保护的儿童为目的，根据《儿童福祉法》[1]，在市区、町、村等设置的组织。

在此之前，政府并没有意识到少年照护者这一社会问题。2018年5月，在参议院厚生劳动省委员会上，无党派参议院议员药师寺道代与政府方进行了以下对话：

药师寺： 文部科学省及厚生劳动省是否意识到了少年照护者的问题？

文部科学省： 我们了解到，在小学、初中及高中都有照护家人的学生。

厚生劳动省： 根据民间团体的调查结果，这些孩子的照护内容多为做家务及照顾年幼的弟妹。

药师寺： 政府是否就全国少年照护者的人数，以及少年照护者面临的问题做过相关的分析？

文部科学省： 并未在小学、初中及高中做过详尽的调查。

厚生劳动省： 既然被称为"少年"，那应该是未成年人。

---

[1]《儿童福祉法》：1947年12月12日颁布的日本法律，规定了有关负责儿童社会福利的公共机构、各种设施及事业组织的基本原则。

至今为止，还未做过任何特别针对未成年人照护者的实情调查。

当药师寺指出有必要进行全国调查时，厚生劳动大臣加藤胜信闪烁其词，只表示"将与文部科学省商议，共同探讨如何掌握少年照护者的实情"。尽管如此，此次对话在推动针对全国需保护儿童对策地区协会进行的问卷调查上，起到了催化剂的作用。

2019 年 4 月，政府发布了针对"需对协"调查的第一次结果。调查结果显示，在所有接受调查的"需对协"工作人员中，知道"少年照护者"概念的人数仅占比 27.6%，大多数（72.1%）"需对协"的工作人员表示，对"少年照护者"一词闻所未闻。另外，在仅占不到三成的知道"少年照护者"这一概念的人中，只有 34.2% 的人"了解被认为是少年照护者的实际情况"，"知道有少年照护者的存在，但不了解他们的实际情况"的人数占比为 35.0%，认为"不存在少年照护者"的人数达 30.3%。

也就是说，大多数"需对协"的工作人员在回答调查问卷之前，连"少年照护者"这个词都没有听说过。次年，政府针对"需对协"实施了第二次调查。在该调查中，设置了个案收集的内容。

"需对协"的主要工作是制定保护被虐待儿童的对策，极为关注"孩子与父母分离"等严重的案例。由于照护内容复杂多样，少年照护者的问题不只限于虐待问题。况且，调查对象并非少年照护者本人，而是"需对协"的工作人员。如此"道听途说"的结果根本无法反映少年照护者的实情，政府自然也无从掌握少年照护者的真实情况。

然而，在政府官员中，有人意识到了针对"需对协"实施的调查中存在的不足。也正因此，促成了在2020年冬天至第二年春天，以学生为调查对象，在各学校实施的全国调查。

"把调查结果放上头版头条"

2021年4月12日，政府发布了全国调查的结果。

这天是星期一，4月11日报界休息——报界将其称为"休刊日"。不过，对读者来说，11日的次日，即12日的清晨没有早报可读，所以，读者把12日叫作"休刊日"。

"休刊"并不影响网上新闻的发布。但是，纸质报纸经常在休刊日后的两天内遭遇新闻争夺版面的情况。

另外，4月12日恰巧也是全国65岁以上老人开始接种新冠疫苗的日子。因此，编辑部内部打算在13日早报的头版报道新冠疫情的新闻。然而，负责当天标题和排版的编辑认为："应当把做了很久的少年照护者的报道放上头版头条。"

由于报社春季的人事变动，采访组的人员发生了变动。但是，关于少年照护者的采访工作并没有停滞，一直在向前推进。山田和4月份刚回到政治部的田中撰写了关于少年照护者全国调查结果的报道，同样回到政治部的采访组前组长松尾良负责对稿件进行审阅。为了确保《每日新闻》的新闻实效性，松尾还设计了"高龄者开始接种疫苗"的标题，并在排版上下了一番功夫。

于是，少年照护者的首次全国调查结果《初中二年级学生中少年照护者占5.7% 首次全国调查 支援无助的照护者》登上了《每日新闻》的头版头条，同时，一篇大篇幅的侧面报道被登载在了第二版。

全国调查于2020年12月开始实施，2021年1月结束。该调查根据47个都、道、府、县的人口比例，抽选出了1000所（占比10%）初中和350所全日制高中，以约10万名初中二年级学生及约6.8万名高中二年级学生为调查对象，通过线上回答的方式，进行了问卷调查。最终，共有5,558名初中二年级学生和7,407名高中二年级学生参加了调查。

根据调查结果，"照顾家人"的初中二年级学生的人数占比为5.7%，即在大约17个人中，有1个人是少年照护者；高中二年级学生的人数占比为4.1%，即在大约24个人中，有1个人为少年照护者。

在调查问卷的问题中，使用了"照顾"一词，并在问卷中界定了该词，即"一般被认为应由大人承担的家务，以及对家人的照料"。

在问卷中，没有使用"照护"一词。这是为了确保在调查中不遗漏照护内容繁多的少年照护者而采取的措施。同时，还能排除"只是帮大人做一点家务"的孩子，将关注点聚焦在承受的负担与大人相同的少年照护者身上。此举能够更为精准地确定少年照护者的范围。

上面的调查结果可更形象地描述为：在初中二年级和高中二年级的每个班级中，可能有 1 到 2 名少年照护者。如果简单对比全国初、高中学生的总人数，可推测出"全国少年照护者的总人数约为 10 万人。"

2021 年 4 月 13 日《每日新闻》头版标题：《初中二年级学生中少年照护者占 5.7% 首次全国调查 支援无助的照护者》。

2020 年 3 月，采访组报道的总务省就业结构基本调查重新统计的结果显示，全国少年照护者的总人数约为 37,100 人。然而，根据这次全国调查的结果，少年照护者的人数要多得多。采访组的向畑泰司看到重新统计的结果时，曾在心里怀疑：少年照护者的真实人数应该更多。看来，他当时的猜测没有错。

之前，采访组专门开会讨论过"照护年幼弟妹"的孩子是否属于少年照护者。在这次全国调查中,"照护年幼弟妹"的孩子被算在了少年照护者之内。

政府在厚生劳动省的网页上公开了全国调查的分析结果。

从分析结果可得知,初中二年级的少年照护者的"照顾"(照护)对象(多项选择)最多的是兄弟姐妹(占比 61.8%),其次是父母(占比 23.5%)、祖父母(占比 14.7%);高中二年级的情况相同,同为最多的是兄弟姐妹(占比 44.3%),其次是父母(占比 29.6%)、祖父母(占比 22.5%)。两个年级的结果均显示,照护对象占比最大的为"兄弟姐妹"。照护理由则多种多样,如兄弟姐妹残疾、弟妹年幼、父母身体或精神上患有疾病、祖父母高龄、需要被照护等。

照护的频率不论初中还是高中二年级的学生,回答"几乎每天"的占比超过 40%。回答"每周 3~5 天""每周 1~2 天"的学生各占比超过 10%。除周末外,平时每天的照护时间平均约为 4 个小时。回答"不到 3 个小时"的初中和高中二年级学生各占 40% 左右。不过,需要注意的是,对平时去学校上学的孩子来说,两三个小时的照护是非常重的负担。一大早去上学,上一天课,放学后参加学校的社团活动,回家后还有作业和考试准备,除此之外,再加几个小时的照护工作,其负担之重应该不难想象。然而,还有更令人吃惊的结果——竟有约 10% 的学生回答:一天的照护时间为"7 个小时以上"。

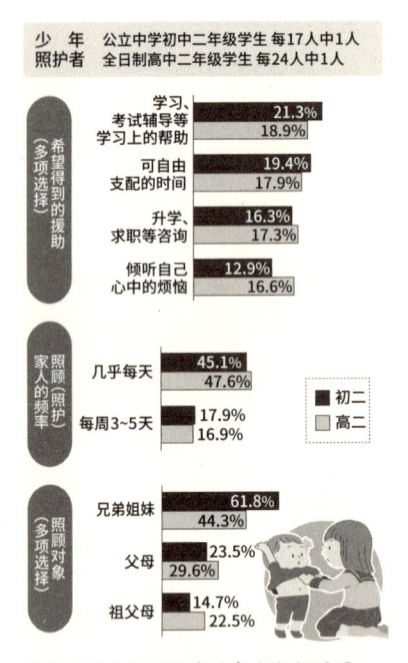

少　年照护者	公立中学初中二年级学生 每17人中1人
	全日制高中二年级学生 每24人中1人

希望得到的援助（多项选择）
- 学习、考试辅导等学习上的帮助　21.3% / 18.9%
- 可自由支配的时间　19.4% / 17.9%
- 升学、求职等咨询　16.3% / 17.3%
- 倾听自己心中的烦恼　12.9% / 16.6%

照顾（照护）家人的频率
- 几乎每天　45.1% / 47.6%
- 每周3~5天　17.9% / 16.9%

（初二 / 高二）

照顾对象（多项选择）
- 兄弟姐妹　61.8% / 44.3%
- 父母　23.5% / 29.6%
- 祖父母　14.7% / 22.5%

少年照护者全国调查的部分数据结果

关于开始照护的时间，在初中二年级学生中占比最高的回答是"小学高年级开始"，为34.2%；在高中二年级学生中占比最高的回答是"初中开始"，为37.8%。从上小学开始照护家人的学生也不在少数。开始照护的平均年龄，初中二年级的学生为9.9岁，高中二年级的学生为12.2岁。

照护的内容包罗万象，按占比由高到低排列如下：做饭、打扫卫生、洗衣等家务→去幼儿园接送→残疾/有精神疾患的家人的情绪安抚→外出时的陪伴→守护→协助洗澡、上厕所等。10%左右的少年照护者身边没有帮忙的人，"独自一人"照护着家人。

虽然少年照护者的男女性别比差距不大，但是，如果进一步详细分析照护内容，则会发现，与男性少年照护者相比，女性少年照护者承担家务、家人身体上的护理、幼儿园接送等照护内容的比例较高。做家务、照顾弟妹的多为女性少年照护者的情况显著。另外，女性少年照护者的照护频率更高、照护时间更长。相较于女性少年照护者，男性少年照护者承担"金钱管理"的人数较多。

关于学生对自己作为少年照护者身份的认知度，果然不出所料，极低。回答"听说过少年照护者一词，且明白其含义"的初中二年级学生的人数占比仅为 6.3%，高中二年级的人数占比仅为 5.7%。与之相对，"没有听说过少年照护者一词"的人数占比超过了 80%。

根据调查结果，也首次判明了少年照护者无人倾诉的孤立无援，以及照护对他们的健康和学业的不良影响，在全国具有普遍性。10%~20% 的少年照护者表示"没有时间做作业/学习""没有可自由支配的时间""压力大"，除此之外，还有睡眠不足、被迫更改了就业选择等不良影响。关于希望得到的援助，约 20% 的少年照护者回答希望能够得到"学习、考试辅导等学业上的帮助""可自由支配的时间"。

采访组注意到，全国调查结果再次显示，很多初、高中生认为并不需要援助。在问卷中，回答"不需要特别的援助"的人数占四成。但是，真正不需要援助的人数无法判明。根据对原少年照护者的访谈，采访组认为"不需要援助"的真实原因，很可能是"不愿对外人说自己家里的事情""不信任身边的大人"。

"是否咨询过他人"一项的结果显示，关于家人照护，从未向任何人咨询过的初中二年级学生的人数占比高达 67%，高中二年级学生的人数占比高达64%。关于从未咨询过的理由，最多的回答为"用不着咨询""咨询也改变不了现状"。究其原因，采访组推测，除了少年照护者可能没有意识到或有意隐瞒自己承担的重任，很可能也受"不愿让别人知道自己和大家不一样""不愿被别人同情"等心态的影响。

从调查问卷的"自由阐述"栏中的内容可以看出，少年照护者处于孤立无助，却又无法求助的挣扎与痛苦之中。

"根本没有向他人求救的时间。拼尽全力只为撑过今天一天。"

"不想完全改变，也不想逃之夭夭。只想稍微喘口气。"

"希望大人们能听听我说话。"

在很多内容中，都流露出了对大人的不信任。

"找学校的辅导老师咨询时，老师的态度很不好。"

"尽管向老师解释了需要照护家人，可老师还是记了我迟到和旷课。"

全国调查的结果与采访组的预测大致相同。先行研究及埼玉县等调查已经显示了"占比为全体5%左右""每个班级中有1~2名少年照护者"等结果。采访组更为期待的，是能通过全国调查，得到一些与之前在特定的某一个地区实施的调查不同的结果。

全国调查的数据第一次确切地反映了全国少年照护者的实情，可谓一个重要的里程碑。采访组由于能力有限，之前进行的数据重新计算、少年照护者调查等均未能完全掌握少年照护者的实际情况。另外，尽管在埼玉、大阪等实施的先行调查引起了各界的大量关注，但毕竟只是针对某一个地区的调查，其结果无法代表全国的状况。政府不可能"以偏概全"地分配财政，援助少年照护者。

因此，全国调查终于推动政府迈出了援助少年照护者的第一步。4月13日，各媒体均在早报头版或社会版醒目地报道了全国调查的分析结果。

另外，正如采访组所期待的那样，全国统计将"照护年幼弟妹"的学生看作少年照护者，纳入了数据统计。

在调查问卷的"自由阐述"一栏中，一名似乎在照护年幼弟妹的学生写下了心中的苦闷，如身心疲惫、因学习成绩不佳感到十分焦虑等。这名学生希望"父母不要觉得哥哥姐姐就应该照顾弟弟妹妹"，发出了"我想要学习的时间！我想要睡觉的时间！"的悲鸣。

关于"照护的家人"（多项选择），在初、高中二年级的学生中，回答"兄弟姐妹"的人数最多。关于"照护的原因"（多项选择），回答"弟妹年幼"的人数在初中二年级的学生中占73.1%，高中二年级的学生中占70.6%，在所有选项中占比最高。一名政府官员看到这一结果后说："没想到有这么多孩子在照顾自己年幼的弟妹。真是令人吃惊的新发现!"让这位官员倍感惊讶的原因是,在他的印象中,少年照护者的照护对象多为患有精神障碍的父母和残疾的兄弟姐妹。

若没有患病或残疾的家人,照护的辛苦就很难被注意到。这也是相关学者和地方当局一直关注的问题。通过全国调查,发现很多孩子化身为"小监护人",承担着去幼儿园接送弟妹、做饭、洗衣服和打扫卫生等重担。好在,政府已经将照顾弟妹的孩子纳入了少年照护者的范围。今后,这些孩子也将会得到援助。

虽然有关照护兄弟姐妹的调查结果令人振奋,但是,全国调查的问卷回收率之低让采访组感到非常困惑。当山田看到回收率的数字时,无语地看向了组长松尾。

全国调查的对象为初、高中二年级学生,共计 168,000 人。然而,回收的问卷分别仅为初中二年级学生 5,000 多份、高中二年级学生 7,000 多份。虽然足够完成结果统计,但是,过低的问卷回收率导致政府无法进行进一步的分析。比如,无法比较各城市少年照护者的数量,无法分析城市与农村少年照护者的分布情况。

一名回答了问卷的学生,对该次调查的方式提出了质疑:"通过智能手机下载问卷,并在智能手机上回答问卷的调查方式,是否能让真正需要援助的孩子参与调查?"

政府通过学校给学生发放了印有参与问卷调查的二维码和网址

的传单，然而，问卷回收并不是通过学校，而是让学生直接在网上提交。因此，是否参与调查在很大程度上取决于学生个人的意愿。

一名政府官员对该调查方式进行了说明："相较发放纸质问卷，这种方式的预算更低。"然而，采用网上调查的后果是全国调查问卷的回收率远远低于埼玉县。埼玉县之前针对县内高中二年级学生实施的调查约有 48,000 人回答了问卷，且问卷回收率超过了 80%。

在关于全国调查的报告书中，政府称此次调查的目的"仅为掌握全国大致情况"，似乎意欲将更详细的调查工作推给各地方政府。同时，政府承认，初中二年级学生的问卷回收率低于高中二年级学生可能是由于"（初中二年级学生）手机持有率低，该结果由网上调查的局限性所致"。另外，政府也在报告书中解释，将初、高中一年级和三年级学生，以及小学生排除在调查对象之外的原因是：中学一年级学生刚入学不久、三年级学生因升学考试时间紧张，小学生则"年龄尚小，回答问卷有困难"。

虽然政府从全国各都、道、府、县中各选一所，共抽选出 47 所非全日制的定时制／通信制高中，将定时制高中生视为"相当于高中二年级"学生，将通信制高中的在校生直接列入了调查对象，但是，由于定时制与通信制高中生回答问卷的人数过少，分别只有 366 人和 446 人，因此，最终只能将定时制／通信制高中生的回答结果作为"参考值"，没有纳入正式的统计数据之中。

由此，采访组认为最终统计数据的真实性有待商榷，并且单独发文《被迫改变人生规划 照护对定时制/通信制高中生学业的深刻影响》，就定时制与通信制高中生的照护问题进行了详细的报道。

非全日制学校的定时制与通信制高中的少年照护者人数，占比分别为 8.5%（每 12 人中 1 人）、11%（每 9 人中 1 人），该比率高于全日制高中。从定时制与通信制高中的调查结果可知，很多孩子为了照护家人，不得不从全日制高中退学。

定时制、通信制高中的少年照护者对"因照护家人而不得不放弃的事情"（多项选择）的回答中，选择"考虑改变升学/就业方向，甚至已做更改""没有自己的时间""不能和朋友出去玩""睡眠不足"等的人数远远多于全日制高中。每天的照护时间为 7 个小时以上的通信制高中的少年照护者占比 24.5%。回答"因为照护家人，从之前的学校退学"的学生占比 12.2%。

全国调查的负责人称，起初并没有将通信制高中的学生列入调查对象。然而，全国调查咨询委员会的专家要求将这部分学生纳入调查对象的范围。政府认为，"仅对比全日制高中与定时制高中就足够了"，然而，专家认为，"为了了解照护负担对少年照护者的升学、就业及人生规划造成的影响，有必要将通信制高中列入调查范围"。

一名在定时制高中任教约 25 年的都立高中老师告诉山田，尽管定时制/通信制高中学生的调查结果只是参考值,但数据仍然让他感到十分震惊。

他说:"很多学生被迫减少上学的时间,把学习时间用来照护家人。他们升入高中之前的学习成绩已经令人堪忧。而且,很多学生已经对学习失去了信心。"

在调查问卷的"自由阐述"一栏中,有学生写道:"尽管在照护家人,但我还是希望自己能有一条更宽广的人生之路。"由此可见,很多少年照护者在思考人生规划时,很可能因为照护家人而放弃自己的意愿。

也有学生在问卷中写道:"希望能够毫无顾忌地谈论精神疾病。"根据这一行短短的话语,采访组撰写了一篇报道:《少年照护者的呼喊:"希望能够毫无顾忌地谈论精神疾病"》。

虽然仅从调查结果无法得知这名少年照护者承担着怎样的照护工作,但是,研究者和援助者很早就指出了歧视与偏见导致精神疾病患者及其家人形影相吊的社会问题。

尽管少年照护者照护的对象、承担的照护内容多种多样,但是,极具代表性的一类被照护者是"患有精神疾病的父母"。根据政府实施的全国调查,在照护父母的少年照护者中,"父母的状况"(多项选择）为"精神疾病、依存症（包括疑似）"的初中二年级学生占比为 17.3%，高中二年级学生占比为 14.3%，大致与"身体残疾"相同。

参与了全国调查的大阪大学教授荫山正子指出：与患有精神疾病的父母生活在一起的孩子，不仅需要代替父母做各种家务，而且需要长期忍受父母不安定的情绪波动。他们和父母交谈时，必须小心谨慎地挑选每一个说出口的词语，并且需要不时地安抚父母的情绪。他们无时无刻不在担惊受怕，生怕父母出现意外。他们时刻陪伴在父母左右，不敢有丝毫倦怠。

"然而，陪伴在父母身边并不简单。例如，仅仅是倾听，就很有可能是听父母无休止地重复同一件事情，也有可能是面对情绪低落、一言不发的父母。"

承担这类照护的少年照护者由于周围没有可倾诉的对象，很容易产生孤独无助的心理。这一点，在 2020 年末，荫山、精神看护研究者横山惠子等组成的研究小组发表的文章《父母为精神疾病患者的儿童调查》中有所证实。

父母为精神疾病患者的儿童调查，以参加由精神疾病患者子女组成的自助团体"Kodomo Pia"的 240 人为调查对象，针对调查对象在小学、初中及高中时的照护、咨询经历，以及校内外的援助等问题进行了网上问卷调查。最终，共 120 人参加了问卷调查。其中，20~30 岁的人数约占 52%、30~40 岁的人数约占 23%。父母患精神分裂症的人数约占 50%，父母患抑郁症的人数约占 20%。

在小学、初中和高中时因照护负担及焦虑向学校咨询过的受访者仅占全体人数的 10%~20%。关于没有咨询的理由（自由阐述），其中最为引人注目的回答是："觉得照护家人很丢人，不想告诉别人。"

除此之外，还有回答称："不想让别人知道父母的疾病。""为自己父母患有精神分裂症而感到羞耻。"

荫山指出，很多孩子因为恐惧社会的偏见，闭口不谈父母的精神疾病，也不愿向他人咨询。学校及整个社会必须提倡对精神疾病患者的理解和包容。

不过，即使学校了解了学生家中的情况，也有可能给学生造成心理创伤。有受访者就在回答中写道："因此（学校了解自己家中的情况）遭到了老师歧视性话语的伤害。"由此可见，在一个对精神疾病缺乏理解的社会中，照护患有精神疾病父母的孩子是多么孤单无助。

全国调查的咨询委员会主席森田久美子（立正大学教授）认为，孩子们不愿向外界求助的原因之一，是"他们不愿让别人觉得自己和别人不一样，不愿让别人用怜悯的眼光看自己"。因此，消除整个社会对残疾、照护的负面印象，改变人们的意识，是制定援助少年照护者制度的前提。

针对学校的调查

政府实施的全国调查,对象并非只有学生,也包括学生就读的学校。

政府针对调查对象(初中、高中二年级学生)就读的 1000 所公立初中,以及 350 所全日制高中进行了问卷调查。从 754 所公立初中、249 所全日制高中校方回答的问卷结果中,浮现出了少年照护者的早期发现问题,以及学校对此苦于应对的状况。

京都府的一所全日制高中称:大多数学生非常善于隐藏家里的困境。若学生没有发生突然间的明显变化,作为学校的老师,很难察觉学生家中的困难。同时,学校很难与家长取得联系。有问题的家庭,往往家长不参加家长会,也不接电话。像这类情况只能求助相关的专业人士。

另外,这所学校在问卷中还表示:"学校能做到的只是教育,无法做到福利或行政上的支援。"

对究竟该如何应对少年照护者的问题,很多学校都表示无计可施:

"学校很难介入学生的家庭。我们既不知道该如何介入,也不知道介入后该采取什么样的措施。不过,如果知道应该采取什么措施的话,肯定会更容易介入。因此,希望能有更多的援助团体与学校合作。"

（兵库县某初中）

"学校无法解决少年照护者的家庭问题。少年照护者应寻求学校辅导员和学校社会工作者的帮助。"（A县某定时制高中）

"家庭问题种类繁多，学校无法支援和帮助解决。我们不知道学生应该去哪里咨询，也不知道学生去咨询后是否可以得到帮助。另外，本校18岁以上的学生较多，这些学生应该去哪里咨询？毫无头绪。"（C县某通信制高中）

也有学校在试图介入或帮助学生解决家庭问题时，遭到了家长的拒绝。B县的某定时制高中有一名女生因家务、辅导年幼的弟弟（或妹妹）的学习而经常旷课。然而，这名女生的父亲并没有寻求外界的帮助，似乎认为长女做家务、照顾弟弟（或妹妹）理所应当。

不过，与上述学校的情况不同，很多学校与学校辅导员、学校社会工作者合作，共同探索着支援少年照护者的方法。

兵库县某初中一名女生与患有精神分裂症的母亲、患有痴呆的祖母一同生活。本来一直负责做家务的祖母病情突然恶化，加之母亲几乎不去医院治疗，导致该生经常不能正常到校上课。学校在发现这一情况后，及时与该生取得联系，一同协商确定了升学的方向。并且，学校社会工作者帮助该生完成了升学的申报手续。该校在调查问卷中称，学校向市政府申请将该生的祖母送入护理机构，然而，政府相关部门的反应极为冷淡。该校认为，学校单方面的援助远远不够，呼吁政府福祉行政部门能够和学校共同分担援助工作，并共享相关信息。

　　东京都的某初中也有类似的情况发生。该校发现某名女生照护年幼弟妹的负担过重，于是学校的老师不厌其烦地与其母亲联系、见面、谈话，帮助这名经济窘迫的母亲向市政府的相关部门提出了补助申请。该校在问卷中写道："学生升入初中之后，之前的信息被留在小学。除非我们特意去要，否则无从了解学生入学前的情况。希望市政府、儿童咨询中心能够集中管理信息。不要认为将援助的对策编写成小册子就万事大吉，应当充分利用已有经验，并借助专业知识，将发现的问题毫无保留地与相关机构分享，并采取实际援助行动，这才是重中之重。"

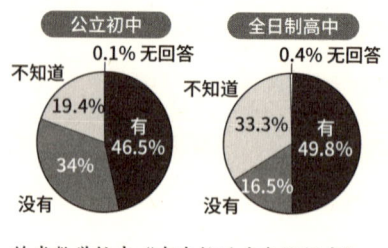

　　此外，通过对比针对学生和校方的调查结果，可以看出学校和学生之间存在着明显的"认知差异"。

约半数学校中"有在校的少年照护者"。

　　从针对学校的调查的结果可知，46.5%的初中和49.8%的高中有在学的少年照护者。也就是说，近半数的学校中有少年照护者。然而，针对学生的调查结果显示，"一个班级中有1~2名"少年照护者。这两个结果之间有较大出入。回答有少年照护者存在的定时制高中与通信制高中的比率分别为70.4%和60.0%，占比较高。某通信制高中在问卷中表示极为担忧："未成年的孩子因为要承担成年人的责任与负担，过早地失去了童年。这样的孩子的数量之多超乎想象。"

虽然有些少年照护者不愿向他人提及自己家庭中的问题，但是，从调查结果中可以明显看出，学校对他们的理解和关注远远不足。在问卷中，回答"不知道少年照护者一词""听过少年照护者，但具体并不了解"的公立学校、全日制高中约占四成。相反，回答"学校在采取应对措施"的公立初中的占比仅为 20.2%，全日制高中的占比仅为 9.6%。

北海道的一所初中在问卷中表示："即使学校的教职员工注意到了（学生行为）不正常，也不知道具体该如何应对。希望能够开办相关的研讨会。"东京都某初中要求政府鼓励、支持学校社会工作人员和相关学者的工作，并设立咨询窗口，提供相关信息。大分县某初中指出："小孩子很难意识到事情的严重性，往往将严重的事态误认为理所应当的事情而全盘接受。"因此，他们呼吁有必要对小孩子进行相关的教育。

北海道某初中指出，性别是导致学校很难在早期发现少年照护者的原因之一："如果男孩子帮家里做事，大家会觉得奇怪。因此，问题很可能很快被发现。可女孩子帮家里做事，或者照顾弟弟妹妹是司空见惯的事情，大家也认为理所当然。这种社会偏见导致人们常常忽视女性少年照护者的存在。"

回答关于少年照护者的问题"得到过外部（包括'需对协'）援助"

的初中占比为 62.4%，高中占比为 31.5%。相反，回答"在校内采取对应措施"的初中占比为 37.9%，高中占比为 62.9%。奈良县某初中在问卷中，指责了"除非是虐待等紧急状况，否则无法得到具体的援助"的情况。

尽管还有大量问题有待解决，但是，政府实施的全国调查毕竟在掌握少年照护者的实际情况上有了很大的突破。全国调查之后，采访组也将报道的重点转移到了少年照护者的援助方式上。

告别过去，展望未来

"您好！我是一名高中三年级的学生。"

"从初中二年级开始，一直到今年的8月，我一直是一名少年照护者。"

2020年11月26日，采访组收到了一封来信，开头是这样写的。

来信者是一个名叫绘里（化名）的18岁少女。邮件送达的时间为20：05。

前一天，日本媒体公布了针对埼玉县内5万多名高中二年级学生实施的调查结果。绘里是在这一天才知道有"少年照护者"这个词的。当时，绘里一边吃着晚饭，一边看着电视。恰好NHK正在播放关于调查结果的新闻。

"这不就是我嘛。"

绘里拿起手机，想查看一下更详细的报道。她没有找到 NHK 的新闻报道，但看到《每日新闻》在征集少年照护的经历者。"给他们写封信吧！"绘里乘兴在手机上打起了字。

可是，写着写着，绘里不禁犹豫起来：

——别人能明白我照护家人的辛苦吗？

——我家既没有老人，也没有残疾人。我觉得辛苦，只不过是因为自己能力不足吧？

——我应该不算是少年照护者吧？

不过，绘里把自己家里有 5 个孩子，身为长女的自己要帮妈妈做很多家务，感到非常疲惫等内容一条一条写了下来。她没有在邮件里署名，只在信的最后写了下面这句话：

"如果你们想了解更多细节的话，我很乐意和记者当面详谈。非常感谢！"

绘里在信中的措辞极为成熟，让采访组难以相信她只是一名高中生。

采访组收到的很多来信都是描述自己经历的内容，虽然他们不怀疑来信中的内容，但最终判断来信者是否是少年照护者（或原少年照护者），还需要综合各方面的信息。例如，是否能提供具体照护家人的细节及照护家人时的文字记录、照片,叙述的内容是否前后一致等。

考虑到绘里家的问题比较复杂,而且,同性间更好交流,采访组的山田奈绪主动请缨道:"我来和她联系吧。"

山田给绘里发了邮件,在邮件里,她询问了一些具体的问题。绘里马上就回了信。在信中,她依然用非常礼貌的文字讲述了家里复杂的状况,以及自己因无法平衡学业和家务的苦恼。山田觉得,绘里应该算是一名少年照护者。

当时,已接近年末。绘里是一名高中三年级的学生,现在很可能正是她紧张备考的时期。山田感到非常为难,一方面,她不想让采访影响了绘里的高考复习;可另一方面,她怎么也抑制不住想立刻听一听绘里的故事的心情。

思前想后,山田最后还是决定向绘里发出采访邀请。她在信中小心翼翼地问:"如果可以的话,能否……?""在不影响你复习考试的情况下,是不是可以……?"

"如果您愿意听,我将不胜感激!"绘里一口答应了山田发出的采访邀请。在那之后,山田又和绘里通过邮件联系了几次。到这时为止,山田还不知道绘里的名字。她只知道绘里在东京都内的一所高中上学。

12月底,期末考试结束后,山田和绘里在东京都内的一家家庭餐馆见面了。

那是一个天气晴朗的冬日，并不太冷。绘里比约定的时间早到了很多。她身材苗条，穿着一件宽大的白毛衣。

很幸运，店里有宽敞的座位。山田和绘里坐下后，向彼此做了自我介绍。

绘里的视力好像不太好，鼻梁上架着一副眼镜。长相大方的她说起话来低声细语，看上去非常端庄稳重。不过，她脸上的疲惫一目了然。

山田还未开口，绘里就主动拿出了自己的学生证。她上的是东京都内不多的初、高中一体的学校。也许在一般的采访中，确认证件是一件小事，但在这种严重依赖受访者所说内容的采访中，证实受访者的身份非常重要。

"考试难不难？"

山田以前当过辅导学校的老师，所以，她先从考试开始，和绘里闲聊起来。果然，绘里在一问一答中，逐渐放松了下来。

绘里有3个弟妹，最小的一个还没有上小学。

绘里的母亲每天在家里工作到深夜。有段时间，她曾和一名男性同居（这名男性不是绘里的生父），不过，那名男性几乎既不工作，也不做家务。

所有的家务都由绘里一手包揽。

尽管如此，绘里还是顺利地通过了高中的入学考试。可是，随着弟弟妹妹一天天长大，她需要做的家务越来越多。弟妹中最小的一个和绘里差十几岁，正是天真无邪的年龄，一玩起来，就把屋子里弄得乱七八糟。绘里常常因为忙于家务，没有时间做功课。上高中以后，绘里在家的时候，几乎没有自己的时间。

绘里在放学回家的路上去超市买菜。一回到家，就着手准备晚饭。然后，去幼儿园接弟弟妹妹。

照顾弟弟妹妹吃完晚饭后，绘里要洗碗、收拾厨房、打扫卫生、洗衣服。加上绘里，家里一共有4个孩子。4个孩子换下来的衣服除了日常穿的之外，还有体操服、用餐服。等着绘里去洗的衣服堆得像小山。

等绘里把家务一件一件干完，已经到了睡觉的时间。母亲有时晚上不在家，绘里需要花费很大的精力，才能一个人把正玩得高兴的弟弟妹妹"捉"上床,让他们乖乖睡觉。

为了"节约"，绘里每天绞尽脑汁地盘算怎样才能省钱。

没人教过绘里做饭。她都是在手机上的做菜App里搜索菜谱，然后学着做。直到今天，绘里的手

绘里在手机上的做菜App中搜索每天给家人做什么饭菜。

机里还存着各种各样的菜谱。

绘里的学校不提供午餐，可她只有 400 日元的午餐费。"我用 100 日元买一个饭团，把剩下的 300 日元存起来。"绘里说。给家里买菜的钱，绘里每天省了又省，但从那笔支出中无法再省出一分钱，只能从自己的午餐费里省。

"我叠衣服的时候，别的同学都在学习吧。"

高中学习不论是在课程的内容还是作业上，都比初中时难了一个台阶。绘里周日也要做家务，来不及预习和复习，成绩渐渐落了下来。她再也不敢梦想以后当一名律师或政治家了。

最让绘里担心的，就是时间。

她很想放学后先在图书馆学习一会儿再回家，可是，她要准备晚饭，要去接弟弟妹妹，不行。她很想参加喜欢的社团活动，可是，练习的时间太长，她来不及赶回去照顾家里，不行。但是，学校里没有一个社团叫作"回家部"。学校规定每个人必须参加一个社团。无奈之下，绘里只好随便参加了一个。可在那个社团里，既没有好朋友，活动也没有意思。绘里上的高中鼓励学生学习、兴趣两手抓。在努力上进的校风中，绘里不能和同学们一起积极向上，似乎被同学们抛下了，她内心十分难过。

绘里说，好几次，她都想退学。

她非常喜欢自己优秀的同学们。看着他们努力学习、积极参加社团活动，甚至留学海外，绘里心里充满了羡慕和嫉妒。同时，她也尝尽了被大家抛下的挫败感。

原则上，幼儿园要求监护人才能接送孩子，但是，他们特别允许了高中生绘里代替母亲。绘里苦笑着说："我呀，没有金钱的自由，也没有时间的自由，倒是有接送弟妹的自由……"

绘里无人倾诉内心的苦闷。虽然学校里有指导学生生活的顾问，但是，她从来没有踏进过咨询室一步。她不想让周围的同学和老师知道自己的不堪。

曾经一度和绘里母亲同居的那名男性，似乎去市政府反映了他们家的情况。主管育儿援助的政府工作人员专门到学校找了绘里几次。可是，尽管绘里向那名政府工作人员说明了家中的情况，但是她始终没有得到任何能够改善生活的援助和建议。

绘里在手机里记录着自己的生活，字里行间充满了无力感。

"做了3个小时的家务。自己一点儿都没有拖拉，怎么就花了这么长时间呢？"

绘里想过离家出走，但是，她没有钱。有一天，她信步走到了市中心，不禁心想：就这样走下去吧，一直走到死。

还有一天，绘里骑着自行车，一直骑，一直骑。她像念咒似的对自己说:"顺着这条路骑下去,一直骑下去……"

可是,等她回过神来,却发现自己已经骑到了一条熟悉得不能再熟悉的路上……她回到了家。绘里恨透了自己:真没出息呀,真可悲!

2020年初,扩散的新冠疫情加重了绘里的负担。由于弟妹不能去幼儿园,绘里除了早饭和晚饭,还不得不做全家人的午饭。这一年,绘里的母亲又生了一个孩子。照顾新生儿的工作也落到了绘里的头上。

"受不了!真的受不了了!"

这年夏天,绘里不论是身体上,还是精神上,都难以再支撑下去。

恰好此时,绘里的母亲带着几个小的孩子搬去了乡下,只留绘里一个人待在东京准备高考。

绘里从家务中解放了出来。然而,本该欢呼雀跃的绘里,心中却依然阴云密布。

"要怎么努力学习来着?"

绘里突然拥有了大量自己的时间,但因为太久没有自由的时间,比起拥有自由时间的欢喜,她心里更多的是迷惑和不解。就是在这个时候,她给采访组发出了第一封邮件。

绘里坐在餐馆里,向坐在她对面的山田吐露了心中的疑虑:

"不论出于什么目的,我都清楚上大学是一条很好的出路。我也知道，我没有不努力的理由。但是，不知为什么，我就是觉得自己不行，完全没有自信。"

"不过，这次期末考试算是勉强通过了。不管怎样，总算能毕业了。"

绘里的声音低了下去。不管是关于升学的烦恼，还是关于家人的苦闷，至今为止，她都没有向别人说过一个字吧？但是，她对山田敞开了心扉。

山田静静地听着绘里的讲述，没有对绘里说要把她的故事写进报道。一来，仅凭一次采访无法成文，很多材料还需要进一步确认；二来，她不能影响绘里的人生头等大事——高考。山田和绘里约定，等高考结束后，她们再联系。

她们俩点了喝的，又点了吃的，在餐馆里坐了几个小时。走出餐馆时，绘里微笑着说：

"今天真开心啊！我还从来没有在外面吃过饭呢。"

回家的路上，山田在脑海中回顾了一遍绘里讲述的经历。

绘里和母亲简直颠倒了母女的角色。绘里说，她曾一晚一晚地听母亲向她倾诉恋爱中的烦恼和不满。时不时地，她还会给母亲一些恋爱上的建议。而绘里自己，从来没有向母亲撒过一次娇。

绘里说，她不想成为像母亲那样的母亲。她对母亲的行为有时感到厌恶，有时感到恼怒。然而，在心里，她爱着性格奔放、无拘无束的母亲。母亲的成长环境不是很好，可她却积极向上、坚韧不拔地努力活着。对这样的母亲，绘里内心充满了敬重之情。

"兄弟姐妹照护"中的照护者与被照护者都是孩子，因此，照护者本人，甚至是照护者的家人，都会自然而然地认为，照护者不过是在帮家里做一些事而已。这一点，山田从自身的经历，以及到目前为止的采访中深有感触。

尤其像绘里这样，照护的弟妹没有生病，也并非残疾，照护者的付出更容易被忽视。虽然绘里家不算富裕，但是一家人住在独栋小楼里，绘里上的还是比一般公立学校学费昂贵的私立学校。在旁人看来，绘里家是没有任何问题的"普通"之家。

这可能也正是绘里给采访组写邮件时犹豫不决的原因吧。

3月初，山田再次联系了绘里。她在信中询问了绘里的高考情况，并告诉她，自己想报道她的经历。

绘里的回信让山田大吃一惊。

"其实，我没有参加高考。对您的鼓励与支持，我深表愧疚。"绘里在回信中写道。另外，她在信中同意了山田的提议，希望能和山田再见一次面。

几天以后，山田在东京都内的一家咖啡店里见到了绘里。此时，正是她高中毕业典礼的前夕。绘里的外表和之前相比,发生了很大的变化。鼻梁上架着的眼镜换成了隐形眼镜,脸上还画着淡妆。更为明显的变化是,绘里整个人看上去有一种自由自在、神清气爽的感觉。

绘里,你为什么放弃了高考呢?

去年夏天,绘里从照顾弟妹的繁忙中解脱出来,开始了高考前的复习。尽管她看到高昂的考试费用时,心里吃了一惊,但是,她还是打算用仅剩半年的时间奋发图强,迎头赶上。

然而,尽管她一心想把失去的时间补回来,可却"怎么也追不上"。焦急的她不知如何是好,本来就没有多少的自信更是消失殆尽。

绘里反复考虑之后,年初给母亲发了一条短信:

"我不想高考了。"

"为什么不考了?不高考的话,你将来怎么办呢?"母亲的回复中充满了担心。绘里把自己无法集中精力学习的现状,以及将来的打算告诉了母亲。

最后,母亲接受了绘里的决定。

绘里一直渴望能够进入大学学习,所以,她也觉得放弃高考十分遗憾。她说:"要是以前能把全部精力都集中在学习上就好了。"

不过,放弃高考的决定反倒让绘里有了向朋友敞开心扉的契机:

"其实,因为家里的事情,这几年我过得很不开心。"初中、高

走在含苞待放的樱花树下的绘里。此时，绘里即将迎来高中毕业典礼。

中同窗六年的朋友们听了绘里的话后大惊失色，但大家压抑住内心的震惊，认真地听完了绘里的倾诉。绘里本以为，朋友们听说她的事情后会疏远她，但是，她多虑了。

绘里的一个好朋友虽然成绩优异，却没有考上第一志愿的大学。她对绘里说：

"半途而废可不行哦！我打算明年再战！"

绘里说："我也要重整旗鼓，明年再战！"

从咖啡店出来后，山田和绘里信步走进了咖啡店附近的一个公园。在公园里，山田用数码相机给绘里拍了一张照片。

阳光灿烂，万里无云，四下里很难找到一处树荫。

绘里说，自己的经历被报道能帮她在内心梳理自己的过去。"我觉得，自己似乎可以从报道中获取力量，抛却之前发生的一切，鼓起勇气，继续向前。"

绘里很健谈，也很爱笑，在路面上蹦蹦跳跳的一只鸽子也能让她发出"咯咯"的笑声。不过,她这个年纪本来就是一丁点儿小事都能笑个不停的花样年华。

绘里看到了一棵盛开的樱花树,跑过去站在树下拍起了照片。

她的脸上,洋溢着如盛开的樱花般灿烂的笑容。

那天之后,山田和绘里又通了几封邮件。关于绘里的报道在4月下旬见报。正好那时,绘里搬到了一个远离家人的城市,开启了新的生活。

绘里说,她打算先工作一段时间,第二年春天再度挑战高考。在大学,她想学习一门外语。另外,她对演艺界也很感兴趣。

绘里还说:"也许,我要学会接受他人的帮助,不再孤军奋战。"

第六章 正式启动援助

ヤングケアラーの支援に向けた福祉・介護・医療・教育の
連携プロジェクトチーム報告

令和3年5月17日
ヤングケアラーの支援に向けた
福祉・介護・医療・教育の
連携プロジェクトチーム

1 はじめに

ヤングケアラー¹の背景には、少子高齢化や核家族化の進展、共働き世帯の増加、家庭の経済状況の変化といったさまざまな要因がある。こうした中で、ヤングケアラーは、年齢や成長の度合いに見合わない重い責任や負担を負うことで、本人の育ちや教育に影響があるといった課題があり、その心身の健やかな育ちのためには、関係機関・団体等がしっかりと連携し、ヤングケアラーの早期発見・支援につなげる取組が求められている。

今般公表された、要保護児童対策地域協議会、子ども本人、学校を対象とした初めての全国規模の調査研究事業「ヤングケアラーの実態に関する調査において作成された報告書（以下「調査報告書」という。）によると、世話している家族が「いる」と回答した子どもは、中学2年生で5.7%、全

政府组建项目组

2021年2月23日,距公布全国调查的结果约两个月前,厚生劳动副大臣三原顺子(原演员)在推特上发帖:

"少年照护者的问题很严重。厚生劳动省正在核实大量学生照护家人的情况。我的同事副大臣山本博司,组建了PT。我们将随时汇报最新的进展情况。我们号召地方当局及整个社会都向少年照护者伸出援助之手!"

在这篇略显唐突的帖子中,三原提到了读卖电视台发布的一篇关于少年照护者的文章,以及政府内部针对少年照护者问题的探讨情况。

为了收集资料,采访组的田中裕之每天都在推特上搜索关于少年照护者的帖子。一个偶然的机会,三原发布的帖子进入了他的视线。

三原在帖子中提到的PT,是"项目组(Project Team)"的缩写,指为了特定的政策项目,受政府、执政党和在野党之命,由国会议员、各省厅主要负责人与官员组成的讨论小组。霞关和永田町的人对PT耳熟能详。PT这个词也经常出现在各大媒体的报道中。

三原也是自民党的参议院议员,曾担任负责处理少年照护者问题的家庭事务局局长。公明党的参议院议员山本与三原一样,也是厚生劳动省的副大臣。三原发帖将同事的工作内容公之于众,是不是意味着政府正在日渐推进、认真探讨少年照护者的援助工作?

为了确认,田中拨通了一个在政府工作的旧相识的电话。不过,田中的这个旧相识似乎对三原发帖一事一无所知,他语气慌张地说了一句"我确认一下(帖子的内容)",然后,挂断了电话。

过后,田中再次与自己的旧相识取得联系,得知厚生劳动省和文部科学省计划组建PT的消息属实。不过,该计划还没有向厚生劳动大臣田村宪久汇报。在层层上报的霞关,计划还未到最后公开的时间。可以说,三原发帖是在发令枪响之前的抢跑行为。

为了不被别家媒体抢先,田中抓紧时间将这一消息撰写成文,并以《厚生劳动省组建援助小组》为题,于2月26日发表在了《每日新闻》早报的社会版。该报道向公众传递了主管福利、医疗的厚生劳动省组建由山本领导的 PT，协同主管儿童教育的文部科学省，共同探讨少年照护者的援助问题等消息。组建 PT，旨在以首次全国调查结果为基础，将少年照护者的援助问题纳入政府整体财政管理基本政策，即所谓的"骨太方针"[1]。

"骨太方针"常被认为是小泉政府时代"首相官邸主导"政治制度的象征。它时常超出霞关/执政党的意愿，大幅度更改重大政策的内容和方向。虽然"骨太方针"现在已不再具有昔日的威力，但仍在各省厅次年年度预算编制"概算要求"之前制定，并且，影响着许多政府方针的确定。如果少年照护者的援助问题被明确写入了"骨太方针"，那么，就能确保援助经费被列入第二年度的财政预算。

不过，对于所有的政府部门是否都同意并支持该"骨太方针"，采访组并不确定。尽管厚生劳动省提出了主张，但是需要和其他省厅、官邸进一步协商调整。因此，田中在报道中特别指出，将少年照护者援助纳入"骨太方针"，仅反映了厚生劳动省对少年照护者的支持。目前，只能将其称为厚生劳动省单方面的美好愿望。

组建 PT 的厚生劳动省本身，也似乎不知道有关少年照护者援助问题的下一步将如何发展变化。

一名厚生劳动省的官员在发言中说："问题的关键，不是针对少

---

[1] 骨太方针：经济财政管理改革的基本政策，是日本政府在起草经济财政管理政策时使用的一套政策指导方针。

年照护者制定特定的个别措施,而是充分利用现有的援助。有效地结合精神保健、护理保险、医疗保险等(厚生劳动省)及教育(文部科学省)措施是核心问题。"

可以看出,政府对新政策的出台极为谨慎。另外,这名官员还强调,由于"少年照护者这一概念本身还未被公众所熟知",各媒体的报道有利于"发现"少年照护者。

与厚生劳动省合作,共同组成PT的文部科学省的一名官员透露,他们已经向各教育部门明示,必须重视少年照护者的问题。不仅是教师,学校辅导员和学校社会工作者也必须担负起职责。他说:"学校是最先发现少年照护者的地方,因此,我们对学校寄予很高的期望。根据全国调查的结果,我们打算从提高学校识别少年照护者的敏感度入手,逐步推进工作。"

政府对少年照护者问题的探索,以及组建PT的举措受到了民间援助团体的欢迎。援助家人照护者的日本照护者联盟的理事长堀越荣子(日本女子大学名誉教授)说:"我们非常欢迎政府的举措。然而,面对多元化的少年照护者问题,援助并非易事。必须创造一个让孩子们能够没有丝毫顾虑地呼救的环境,建立一个让孩子们可以直接得到他们真正需要的帮助的体制。"

议会宣布了PT的启动。

3月8日，在参议院预算委员会上，公明党的伊藤孝江针对"有必要加强社会对少年照护者的认知，提高公众对少年照护者这一概念的正确理解度"等问题提问。国会议员向同党所属的三名政务要员询问其职责内的相关政策，并通过提问，促使政务要员在回答中表明"我党正在进行该项工作"，这一手段不仅限于公明党，在其他党派中也经常被使用。

负责回答提问的厚生劳动副大臣山本明确表示，PT将在3月中组建，自己和文部科学副大臣丹羽秀树将共同担任PT的负责人。他说："少年照护者的早期发现与福祉、护理、医疗、教育等各机构的合作密不可分。我们将推进各机构间的合作，目前，正在探讨相关援助措施。"同时，他还指出，家庭内部问题的复杂性、少年照护者本人和家人没有"需要援助"的意识等问题，给发现、判断少年照护者承担的照护重任带来了一定的困难。

最后，伊藤向菅义伟首相提出请求：

"各省厅机构的权力不足以让该问题得到解决，须借助首相的领导力的推动。请求首相接受并承诺解决少年照护者的问题。"

菅义伟首相没有表现出特别的热情，他语气平淡、一字一句地照本宣读了准备好的稿子："对于因从小照护患病的父母、残疾的兄弟姐妹，不能正常上学、不能和朋友玩耍，失去童年的孩子，我深表同情。众所周知，造成这些孩子不幸的因素有很多，与父母身体的残疾、护理、家庭的贫困等都不无关系。政府将组建跨部门的工作组，为制定提供切实、直接的援助政策而努力。"

不善演讲的菅义伟在议会上照本宣科的行为，以及之后在面对新冠疫情、举办东京奥运会的利弊等问题上的迟钝反应，均受到了批评。尽管如此，现任首相第一次表明了支援少年照护者的意向，已经是板上钉钉的事实。田中曾经就职政治部，对议会文本极为熟悉，此次会议的情况由他执笔进行了报道。

为什么不帮我洗呢？

在政府内部的讨论日趋激烈之前，采访组一直在撰写一篇关于援助少年照护者现状的报道。采访组认为，全国调查并不是目的，更为重要的，是探讨应该如何援助少年照护者。由于每日新闻社每年4月的人事大变动，采访组所属的特别报道部被解散。采访组何去何从，谁都无法预料。因此，采访组决定"把全国调查作为一个里程碑"，趁采访组还未被解散，将过去没有报道的采访资料编辑成文。

经过一年多的奔波，采访组的采访手稿中积累了大量对当事人和相关学者的访谈记录，以及关于中央和地方行政部门、民间团体开展的活动等第一手资料。

3月13日登载在《每日新闻》早报上的长篇报道《防止孤立无援　现存制度中意料之外的弊端》根据原少年照护者的证词采写。文章对医疗、福利等制度为何没能帮助少年照护者的原因进行了分析。

"为什么不帮我洗呢？"

横滨市的冲村有希子（31岁）依然记得自己初中一年级时内心的愤怒。有希子的母亲因为交通事故，手脚失去知觉。母亲的护工在洗衣服的时候，总是专门从脏衣篮里把有希子的衣服一件一件挑出来。有希子的愤怒是在那一刻从心中腾起的。

有希子上小学六年级的时候，就开始照护身为单亲妈妈的母亲。残疾人福利机构给她们派来了护工，然而，按照规定，不管是做饭也好，洗衣服也罢，护工的工作只针对需要护理的残疾人。因此，护工只洗有希子母亲的衣服，不洗有希子的。

因为有希子只有一套体操服，所以有希子的母亲恳求护工帮有希子洗体操服。她对护工说："我女儿放学回家自己洗的话，第二天上学的时候干不了。孩子不能穿着湿衣服上体育课啊。麻烦您帮个忙，和我的衣服放在一起洗了吧？"

有的护工以"哎呀，一不小心把两个人的衣服搞混了"为由，悄悄帮着洗了有希子的衣服。但是，更多的护工以"违反规定会被开除的"为借口，拒绝了有希子母亲的请求。

早饭也是如此。有的护工故意说"糟了,把饭做多了",把有希子的那一份也做出来。但是,有的护工却坚守原则,只做有希子母亲的饭。

有希子上初中以后,情况依然如此。因此,有希子只能在上学的路上,买一盒果冻饮料当作早餐。晚饭呢,常常只吃一口妈妈中午吃剩的饭。有希子说,她妈妈不得不骗护工说自己午饭吃得多,麻烦护工多做一些。只有这样,才能给她剩下一点,当作晚饭。

"在护工看来,初中生已经不是小孩子了。所以,她们才没有帮我吧。"有希子一边回忆,一边说。

根据厚生劳动省的规定,残疾人福利机构的家务援助服务中,包括"幼儿援助",即帮助身患残疾的父母照顾他们的孩子。只是,规定中没有明确说明几岁的孩子属于"幼儿"之列。在主要以高龄者为护理对象的护理保险中,也不允许护工为被护理者之外的人提供服务。

有希子因为照护母亲非常疲惫,上课时总是睡觉,学习成绩也一落千丈。老师在家访后,了解了有希子家中的情况。因此,这位老师时不时会问有希子一句"最近怎么样",这句简单的问候让孤独的有希子感到很温暖。有希子依靠奖学金读完了大学,并且顺利就职。然而,由于公司不能理解员工需要请假护理家人,有希子只好辞职了。

　　有希子自己创立了一家派遣护工的残疾人福利事务所。目前，为了支援少年照护者，有希子正在努力增设"援助未满18岁的少年照护者"的业务。

　　一名男性原少年照护者（23岁），一直在情感上支撑着自己患有抑郁症的母亲。

　　他将自己照护母亲时的孤独感，描述为"令人窒息的、无以言表的束缚感"。

　　这名男性上初中时，他的父母离了婚，他跟着母亲一起生活。他的母亲情绪很不稳定，时不时地对他说："我们一起去死吧。"他一边劝慰母亲，一边陪她上街购物。

　　母亲想搬家，于是他们搬了家。虽然因为新家交通不便，他上学很麻烦，但是他没有抱怨。他觉得，"为了妈妈"，自己怎样都行。

　　母亲因为抑郁症不愿与人交往。以前，她唯一接触的外人是偶尔来访的民生委员。他们搬家之后，这唯一接触外人的机会也没有了。

　　母子俩在新的地方过着人生地不熟、孤立无助的生活。他升入高中后，本来享有的提供学习用具等"学校教育援助"也没有资格继续享用。考大学之前，家里的经济状况越来越差。

然而，他没有向朋友或学校的老师吐露半点忧虑。那时，他不知道学校有咨询服务，也不知道自己可以向学校的社会工作者求助。不过，就算知道可以咨询，他也不确定自己会不会去向一个外人讲述自己家里的事情。"虽然和谁说一说，心里肯定会好受很多。但是，周围的人会怎么看我呢？我想，我应该是不会去咨询的。"他说。

现在，这名男性已经从母亲身边离开，在大学攻读硕士学位。讽刺的是，由于母亲的病情恶化，他获得了 NPO 等组织的援助。民生委员也重新开始家访。

少年照护者和他们照护的亲人究竟可以从什么样的援助机构获得怎样的援助？少年照护者很难靠一己之力去查询和获得。众多的少年照护者只能孤独地蜷缩在各种体制的缝隙之间，举步维艰的处境得不到任何改善。

当然，少年照护者被孤立也有其自身心理方面的原因。

例如，他们自认为"照护的是自己的家人，承担照护工作理所当然"；他们不想被朋友或外人当成"可怜虫"，自己默默地吞噬心中的苦闷。

那么，官方与民间的支援机构怎样向这些难以发出 SOS 信号的孩子伸出援助之手呢？

一般社团法人"照护者行动网协会"的持田恭子访问过在援助少年照护者方面处于领先地位的英国。她借鉴英国的经验，从2020年起，为初、高中少年照护者举办"聚会"。

持田指出，小孩子很难马上向他人打开心扉。因此，意欲帮助少年照护者的人必须循循善诱。另外，应该充分利用年轻人喜欢的社交平台，在上面发布与援助相关的信息，以便让少年照护者能够更轻易地获得有用的信息。

持田认为："援助的第一步，是让孩子们明白，因照护家人产生各种内心情感都非常正常。有很多大人都能理解他们，是站在他们这一边的。"

另外，地方当局、护理机构等也开始了对专业人员的培训工作，培训他们专业地应对、帮助少年照护者。

2020年，在全国护理经理资格考试（护理专业人员业务研修培训考试）中，设置了如何应对"平时照护80岁祖父的孙子"的问题。在试卷中出现与少年照护者相关的问题，这是有史以来第一次。据说，护理经理（负责制订家庭护理计划等）业界似乎也将关注的重点转到了少年儿童照护家人的问题上。

东京都江户川区根据由市民团体发起的少年照护者实情调查的结果，制作了宣传视频。在视频中，收录了原少年照护者关于照护的经验介绍。并且，更改了护理经理在制订护理计划时遵循的规定，明确指出"（过度的照护负担）有可能严重影响少年照护者的健康、生活及人生规划，应考虑减轻少年照护者的负担"。

大人们之所以很难意识到少年照护者在照护家人时实际的负担，也与他们自身存在的问题密不可分。也就是说，大人们想当然地认为"少年照护者承担家人的照护理所应当"。在大人们的眼里，少年照护者等同于成年照护者。到目前为止，各种制度的制定也大多基于这种"理所当然"的观念。

淑德大学的结城康博教授（社会福祉学）在接受《每日新闻》的采访时，提出有必要重新审视现有的制度。他说："现有的福祉制度中缺少'支援照护者'的视角。例如，护理保险机构在提供护工家务服务时，是否可以对有少年照护者的家庭放宽护工所做家务的范围。"

然而，若要清除盘结在福利、医疗、教育等方面的少年照护者的问题，可谓困难重重。正如前文中提到少年照护者的情绪问题时所述，如果给少年照护者贴上"必须援助的、可怜的孩子"的标签，反倒可能将他们推入心理上的死角。

一名原少年照护者回忆照护家人的经历时说，大人们的干涉给她留下了极为痛苦的记忆。"在学校，我能够暂且忘记照护家人的事情，好不容易可以喘一口气。但是，老师非要我去和学

校辅导员谈。交谈时，我又要想起关于照护的种种不快，非常痛苦。" 什么时候、向谁咨询，应该由少年照护者自己决定。

厚生劳动省和文部科学省的项目组（PT）在该篇报道见报后的第四天，也就是3月17日，召开了第一次会议。PT会议的召开，是否能够促使政府打破各部门间缺乏协调、行政效率低下的垂直政策，提高对少年照护者的认识，并就少年照护者的援助问题达成一致意见，采访组拭目以待。

PT在统计分析全国调查结果的同时，加紧了议题的讨论。他们指出，少年照护者的援助"首先必须符合国家的基本方针政策"。厚生劳动副大臣山本、文部科学副大臣丹羽一场不落地出席了PT的每一次会议，并且，对议题的讨论内容表现出了极大的兴趣。

全国调查结果公布后，山本在PT召开的第二次会议上反省道："厚生劳动省对之前未对少年照护者进行调查并采取相应措施，感到非常遗憾。"

PT还就援助问题咨询、倾听了研究少年照护者的学者、专家及原少年照护者的意见。

在日本国内推广少年照护者这一概念的成蹊大学的涉谷智子，也是PT咨询的学者之一。涉谷在PT参会者的面前，再一次指出了现存的问题：

第六章　正式启动援助　271

政府援助少年照护者项目组召开第一次会议。

"'自家事自家管'的固有观念是造成今天少年儿童迫于社会压力，不得不照护家人的一大原因。

"不论是医疗机构，还是福利机构，都把与需照护者一起居住的孩子当成了'非正式社会资源'和'护理人员'。"

一名曾经照护身患重病的母亲的男性，在接受 PT 的访谈时说：

"吸痰、推轮椅、喂饭……每天忙于照护母亲的生活严重影响了我考大学，以及之后的大学生活。甚至，就连我的就业，也受到了很大的影响。"

"小时候，我不知道该怎么描述自己的处境。经常因无法向周围的人诉说而感到苦闷。"

曾经接受采访组采访的原少年照护者坂本拓，在介绍自己照护患有精神疾病的母亲的经验时说：

"我的妈妈患有抑郁症和恐慌症。从上初中起,我就常听她讲一些莫名其妙的话。上高中以后,我才知道妈妈得了什么病。那时候,我下定决心要为妈妈保守秘密。"

一名照护有听觉障碍的弟弟并辅导其学习的女性称,她每天为弟弟做的事情远远超出了一般意义上的"照顾"。她还提到,自己不仅要劝慰因为孩子天生残疾而郁郁寡欢的母亲,还要承受身边的人们对她寄予的过高的期望。这些都压得她喘不过气来。

兵库县尼崎市的一名学校社会工作者非常了解照护幼小弟妹的孩子的情况,她为孩子们发声道:

"人们常常误以为照看弟妹比照护高龄者或残疾的家人轻松。然而,对小孩子来说,承担本该由大人承担的育儿工作非常辛苦。他们被迫把自己的意愿和需求放到一边,与朋友日渐疏远。这些孩子所承担的重负严重地影响着他们今后的人生之路。"

自民党照护者议员联盟(会长是原官房长官河村建夫)要求政府采取具体措施援助少年照护者。例如,为了尽早发现少年照护者、各部门之间更好地合作解决少年照护者咨询与援助问题,应当在学校和福利机构开办研修班,进行人力培训,更好地利用地方当局和民间团体的力量,发放判断少年照护者是否需要援助的评估表等。

另外,采访组在对某政府官员的采访中获知,政府计划与学校、教育委员会、政府福利部门、地方咨询机构合作,在 2021 年内编写、出版《少年照护者援助手册》。

该政府官员还透露，首先，政府将明确划定负责少年儿童的各机构的职责，推进少年儿童信息及信息来源共享等具体工作。另外，为了确认生活在城市与乡村的少年照护者的差异，目前，正在探讨在不同地区实施示范项目。

2019年，厚生劳动省向全国需保护儿童对策地区协会（需对协）下达指示，与相关部门合作，针对少年照护者问题采取相应措施。然而，只有在儿童虐待问题相当严重的情况下，需对协才能够积极配合，越过医疗、福利、学校、行政等机构给予协助。少年照护者问题不仅涉及护理、治疗，还与家庭贫困等复杂的家庭情况紧密相连，如果只是把援助的重任交给需对协，那么，根本不可能推进少年照护者的援助工作。

同年，文部科学省也向47个都、道、府、县的教育委员会下达了同样的指示。然而是否会在学校具体实施，采访组无从判断。

其实，从政府实施的全国调查的结果中，可以窥见在学校的具体实施情况。

"除非主动从相关部门调取（信息），否则学校根本拿不到（需要援助的孩子）过去的信息。"

"由于学生家人的问题过多，无法进行援助。学校该去哪儿咨询也不知道。"

"学校的学生来自不同的城市,学校很难做到和所有城市的地方当局合作。"

从全国调查的结果可知,关于少年照护者的问题,校方有上述苦恼。不过,也有学校在调查中反映,由于市福利机构提供了信息,校方得以注意到了因照顾年幼的弟妹而苦不堪言的学生。

不论是教育机构,还是福利部门,都意识到了各机构、部门之间通力合作的重要性。但是,说起来容易,做起来难。各地采取对策的现状仍处于早期的试探阶段。某政府官员称:"必须要有一本指导性的手册,才能让负责少年儿童的各机构有效地贯彻执行PT下达的援助措施。"

尚待解决的问题

PT决定在5月17日公布关于未来援助政策的报告。该报告的内容跨越了2020、2021两个年度,从PT第一次召开会议到报告制作完成,仅花了约两个月的时间。

采访组从有关部门获知这一消息后,PT召开会议当天,便在《每日新闻》早报的头版头条报道了报告的全内容。媒体人的工作之一,就是在第一时间,将发生了什么、决定了什么告诉读者。当天清晨5点,《政府今日发布 为少年照护者提供家务援助,并加强咨询系统》

在《每日新闻》的网站上发布。该报道的主要内容是政府正在探讨、制定向承担照顾年幼弟妹责任和家务的少年照护者提供家务援助服务的制度,以减轻其负担。

从政府4月份发布的全国调查的结果可知,初、高中少年照护者照护的家人多为"兄弟姐妹"。其中,主要是年长的孩子代替父母照顾年幼的弟妹、承担家务。然而,PT的调查表明,护理保险、残疾福利等现有的公共服务措施不能为这些孩子减轻负担。为此,由厚生劳动、文部科学两省官员组成的PT成员达成一致,有必要探讨、建立新的援助制度。

另外,在报告中,还提到了开设在线咨询服务。这是一项考虑到"孩子们很难自己发出求救信号"而制定的措施。缺少社会经验,尤其是处于青春期的孩子,在心理上极为排斥向市政府及相关专家倾诉自己家里的问题。因此,PT决定利用社交平台提供咨询,并在线上为少年照护者筹办集会。另外,还将为举办此类活动的民间团体、积极配合的地方当局提供财政补助。此举旨在充分利用民间力量,补充政府仅凭一己之力无法提供的援助。

全国调查的结果显示,八成的初、高中学生"没有听说过'少年照护者'一词"。而且,很多孩子认为照护家人理所应当,意识不到自己肩负着沉重的负担。因此,在报告中,将少年照护者的"早期发现"作为重点,并强调了强化各领域专业人员的研修及人力培训的重要性。同时，指出让少年照护者理解援助的必要性和重要性，是让少年照护者接纳援助的前提。由此，PT决定通过举办活动来启发少年照护者，并向他们传播有关援助的知识。

此外，报告中还提到，政府将指示地方当局仔细了解少年照护者的家庭情况。并且，在制订护理等计划时，确保将少年照护者的情况考虑在内。

鉴于学校无法判断不去上学的孩子是否为少年照护者，必须利用当地社区服务，通过儿童委员及儿童食堂等机构"发现"少年照护者。地方当局应推进有关少年照护者援助的培训工作。

PT根据访谈了解到，原少年照护者在求职时，提到自己在学生时代有过照护家人的经历，常常得不到求职公司的理解。由此可见，照护家人对少年照护者的影响，不只限于他们的少年时代，在他们长大成人之后仍在持续。因此，报告中提出，有必要对少年照护者提供就职支援。同时，必须加强职业介绍机构对少年照护者的理解。

此外，在报告中，2022—2024年度被确定为"集中提高少年照护者认知度"时期。在全国调查中发现，知道"少年照护者"一词的初、高中学生的比例不到两成。因此，PT设定了将此比例提高到五成以上的目标。

报告中列出的主要援助措施如下：

◇早期发现与了解

·推进地方当局对少年照护者的实况调查

·针对福利、护理、医疗、教育等政府机构及"儿童食堂"等地方支援团体，宣传、培训有关少年照护者的知识

◇具体援助措施

·在网上召集少年照护者，加强社交平台咨询服务

·为促进学校、教育委员会、行政福利部门等各机构间合作，编制指导手册

·商讨、制定为照护幼小弟妹的少年照护者提供家务援助的制度

◇提高认知度

·确定2022—2024年度为集中提高认知期间，制作海报、开办活动。设定目标，将初、高中学生的认知比例提高到五成

如果政府希望得到人民的拥护，应该发布如设置"少年照护者专用咨询窗口"、创立新的政府部门、更改法律条文等重磅消息。然而，实际发布的报告内容"朴实"而"脚踏实地"。对此，厚生劳动省的解释如下：

"援助的基本理念，是为孩子们提供倾诉的场所和倾听的人员。我们的目的是让整个社会正确理解少年照护者，而不是发布一些华而

不实的言辞。"

在 PT 的报告中，也包括了呼吁公众理解少年照护者的内容。

"应特别留意、关注以家庭情况为耻，或将照护作为其人生意义的少年照护者。"

"应靠近少年照护者，仔细询问他们是否需要援助、需要什么样的援助。"

尽管如此，依然有在全国调查和 PT 报告中没有涉及的问题。

全国调查以初、高中生为调查对象，没有将小学生纳入调查范围之内。其理由为：小学生既无法理解调查问卷中的问题，也无法客观表述自身的状况。其实，事实并非如此。一名厚生劳动省的官员坦言道："我们认为只有到了一定年龄的孩子，才能承担照护的工作。由此推断，相较于小学生，初、高中生中的情况更为严重。"

事实上，现实中确实存在身为小学生的少年照护者。

2017 年，白梅学园大学针对东京都小平市的 19 所公立小学实施调查，对问卷做出反馈的 319 名教师中，115 人（36%）回答"在过去的五年中，发现过照护家人的孩子"。另外，对问卷自由阐述内容进行整理、分析后发现，有小学低年级的学生承担着做家务、买菜、和患有精神疾病的父母聊天、陪父母去医院等照护工作。这些孩子也有旷课、迟到、忘记带东西、学习成绩不佳等情况。

虽然在 PT 报告中提出的某些援助措施也适用于小学生，但是，参与小平市学校调查的牧野晶哲副教授指出："年龄幼小的孩子承担照护家人的重任，不仅影响了他们的学业，也影响了他们和朋友之间的关系。学校乃至整个社会必须了解、掌握这些孩子的实际情况，在不良影响变得严重之前，及时给予他们援助。"

为了尽早发现少年照护者，PT 希望学校不仅与专业人士合作，还要和儿童委员、儿童食堂等当地民间机构合作。然而，运营兵库县儿童食堂的民间组织 NPO 的一名负责人称："若行政部门、学校不改变他们的合作态度，不更新他们的合作意识，我们很难与他们进行合作。

"我们曾多次因发现了少年照护者，向学校及福利咨询窗口求助。可因为不是少儿犯罪、虐待等问题，他们很少认真对待我们的求助。"

如果各部门之间不能相互合作，就算发现了少年照护者，也无法为少年照护者提供援助。一名政府官员称，在即将编制的手册中，只涉及了政府机关之间的合作内容。至于与民间团体、地方社区之间的信息共享、合作等事宜，并没有被列入编写计划。

另外，全国调查仅根据各都、道、府、县的人口，选取了一成的公立中学和全日制高中作为调查对象，并且，调查问卷的回收率（推测）不到 1%。这样的调查结果是否能够准确地反映实际情况有待商榷。

针对全国调查的局限性，政府希望通过各地方当局实施的独自调查来获取更详尽的数据，并以各地方当局的调查结果为依据来制定有效的对策。厚生劳动省的一名官员预测，若地方当局实施调查，问卷的回收率应该较高。然而，由于各地方的调查方式和问卷内容不同，很难从各地的调查结果中看出全国特征。另外，政府寄希望于地方当局的决策，很可能会受到"政府将皮球踢给地方"的批评。不过，政府表示，愿意承担地方当局用于调查的部分费用，以此来推进、支持各都、道、府、县在市、区、町、村实施调查。

6月18日，菅内阁通过了《2021年度经济财政运营和改革的基本方针》，即所谓的"骨太方针"。在第二章《引领新时代成长的源泉》"建立互助型社会"一节中，明确列出了援助少年照护者的内容：

"政府将致力于推进少年照护者的早期发现，加深对其情况的了解，并努力提高整个社会对少年照护者的认知度。"

该内容与PT报告中的内容一致。这意味着，整个政府对解决少年照护者问题达成了一致。骨太方针只是简明扼要地给出了未来发展的大致方向，具体政策则将由各省厅以此为依据进行制定。在不久的将来，PT报告中提到的援助预算也将付诸实际。据说，厚生劳动省已经开始讨论为照护弟妹的少年照护者提供家务援助服务的举措。

在政府实施全国调查、PT展开讨论的前后，地方当局针对少年照护者问题采取的各种措施也逐渐引起了公众的关注。政治新闻记者撰写的报道不断登上《每日新闻》全国版和地方版的版面。

2021年春季以后的各报道标题如下（日期为登载日期）：

《县初次调查 掌握25人情况 成立研究小组 以改善援助》（3月9日，德岛版）

《神户市将在下月开设咨询窗口》（5月14日，兵库版）

《名张市将制定全国第三个少年照护者条例》（5月20日，三重版）

《大阪府教委将实施实情调查》（6月2日，全国版）

《县政府将在今秋再次实施实情调查》（6月22日，爱知版）

《知事表示：支持探讨、制定"照护者条例"》（7月2日，北海道版）

《札幌市实施少年照护者调查 以期尽早发现并提供援助》（同上）

《入间市将针对全市小、初、高中学生及教师实施万人调查》（7月6日，埼玉版）

《山梨县独立实施少年照护者调查 调查对象达53,000人》（7月9日，山梨版）

《据县教委调查 少年照护者117名 公立高中／初中三年

级学生中64人表示"举步维艰"》（7月22日，奈良版）

《京都市为支援少年照护者，针对初、高中生实施实情调查》（7月24日，京都版）

《总社市将提出援助少年照护者条例草案》（8月17日，冈山版）

《古贺市教委为加强对少年照护者的理解制作启蒙海报》（8月26日，福冈版）

7月，《每日新闻》新闻网站登载了少年照护者系列报道特辑的英文版。少年照护者专题报道的发起者、2020年4月调回大阪总社的向畑泰司，越来越频繁地和采访组的其他记者联系，告诉他们"大阪的哪家报社做了什么报道"。

面对大众及社会各界如此热烈的关注，采访组的反应用"目瞪口呆"来形容也毫不为过。刚开始决定针对少年照护者进行专题报道的时候，采访组里没有一个人能预料到日本全社会对少年照护者的关注升温如此之快。

当然，这并不代表他们已经将少年照护者从水深火热中拯救了出来。

就是到现在，每次报道见报后，社交平台上都有类似"什么是少年照护者？第一次听说啊"的留言。可见，人们对少年照护者问题的认识与理解才刚刚开始。

如何援助少年照护者的课题依然堆积如山。

2021年春,由于每日新闻社内部的人事变动,少年照护者采访组从东京总社的特别报道部转入了数字报道中心。组内人员也发生了变动:山田奈绪留在组里,田中裕之离开,三上健太郎加入。川边康广接任了采访组的负责人。三上继续调查目前为止未能顾及的小学生照护者的情况。4月之后,关于少年照护者的报道依然被不断地登载。

6月底,采访组启动了介绍照护家人的年轻人的"前半生"新专题报道。该专题报道的标题为《致努力奋进的你》。

接受采访的年轻人最想告诉在照护家人的湍流中挣扎的少年照护者:

如果你不能善待家人,不是因为你不够好,千万不要自责。

不要独自负重,肯定有人会向你伸出援助之手。

如果你不想吐露心绪,就不要强迫自己开口。

好好珍惜身边的朋友,做运动、听音乐,珍惜你喜爱的一切。

总会有人拥你入怀,所以,要心存希望,不要放弃。

后记

非常感谢您将这本书读到了最后。

如果您是偶然间在书店或网上看到这本书，想先看看后记，再决定读不读这本书的话，我想请您一定把书翻到前面，读一读我们采访组一步一步报道少年照护者的工作过程，读一读身为少年照护者的孩子（虽然我不能确定，在今天，将十几岁的孩子称为"孩子"是否合适）的经历。

本书的内容由两部分构成。一部分是对原少年照护者的访谈，根据访谈重新组织的文字真实地反映了少年照护者的现状；另一部分是对采访组报道过程的记述，不仅覆盖了从采访组申请数据重新统计到政府实施全国调查的整个过程，而且记录了记者们在采访过程中的所见所闻，以及他们在采访中的困惑和思考。以上两个部分的内容在书中交替呈现。采访组记者们的诸多困惑与思考在书中均有详细介绍，这里不再赘述。

自2019年秋季采访组成立以来，组员和领导虽有更换，但报道一直没有中断。

不同时期的采访组组员名单如下：

2019年秋—2020年春　向畑泰司、田中裕之、松尾良（组长）

2020年春—2021年春　田中裕之、山田奈绪、松尾良（组长）

2021年春—　山田奈绪、三上健太郎、川边康广（组长）

如上所示，少年照护者采访组在成立后的一年之内，所有组员都被调换。由于组员的频繁更换，书中不断地出现不同记者的名字。这可能影响了一些读者的阅读体验，在阅读中感到有点儿混乱。对此，请容我稍作说明。之所以发生组员频繁更换的情况，除了有报社内部人事调动的原因之外，还因为新闻记者是为朝廷卖命的职业，身不由己的时候居多，希望广大读者能够谅解。不过，调离的组员在离开后，依然心系采访组，一直在以各种不同的方式继续为专题报道助力。

采访组成立以后，随着报道的推进，组员之间自然而然地遵循了某些约定、达成了某种默契，让我至今记忆犹新。

其中之一是，在报道时，不能抱着少年照护者是"可怜的孩子"的想法。当然，因为援助制度不健全、得不到周围人的理解，以及受"家人必须照护家人"的传统价值观逼迫，少年照护者的处境令人唏嘘，我们必须揭示他们作为受害者的一面。然而，更值得我们思考和探讨的是，他们中的大多数人为何自愿照护家人？是因为他们无法割舍亲情，还是因为他们无力改变现状，不得不绝望地放弃？或者是因为……？究其原因，我们发现其中有太多复杂的情绪交错纠缠。我想，纵然是家中没有需要照护的家人，当我们每一个人面对家人时，或多或少都有过类似的情感挣扎吧？

很多原少年照护者在采访中说："照护家人也留下了美好的记忆。"采访组对少年护照者的生活并不了解，若自以为是地给他们贴上"可怜"的标签，从他们充满喜怒哀乐的生活中，只选取"怒"和"哀"进行报道，岂不是否定了他们的生活的另一面？只有将少年照护者的"喜"和"乐"也记述下来，才能如实地呈现少年照护者问题的复杂性。除了将少年照护者的问题呈现给大众之外，我们更想通过少年照护者在生活中的喜怒哀乐，引发读者的思考："如果是我，我会怎样做？""什么才是最好的选择？"少年照护者的问题不只是照护的问题，也包含着很多关于人生的思考。

报道见报后，我们收到了大量的读者来信。其中，很多来信的内容都令人为之动容。来信者对自己至今为止的生活感到悲哀、愤怒、无奈。即使已经长大成人，依然无法摆脱因儿时照护家人而留下的心理阴影。因照护改变了人生轨迹的他们，面对生活无能为力。也有些人仍然继续被迫照护着家人。另外，很多令人难以置信的案例，让人怀疑他们的遭遇是否可以被称为"家庭暴力"或"儿童忽视"。众多案例让采访组的记者们不自觉地生出"少年照护者问题源于贫困"的想法。

然而，通过访谈，我们发现少年照护者问题的成因与诸多社会问题紧密关联，如低出生率、人口老龄化、家庭核心化、政府财政恶化、地方共同体弱化、贫困、单亲家庭的增多、家暴等等。少年照护者问题似乎是所有日本社会问题的缩影。什么属于少年照护者问题？什么不属于少年照护者问题？一名少年承受多少照护负担可以被称为少年照护者？承受多少照护负担不算少年照护者？诸如此类的问题，我们都很难画出一条清晰的分界线。这些混杂模糊的问题势必导致目前的援助方式受到质疑。

我要求撰写本书的向畑泰司、山田奈绪和田中裕之"用写侦探小说的方式去写。并且，原少年照护者的故事一定要具有文学性"。本书属于非虚构类，我的要求听上去似乎有些荒谬。其实，从专题报道见报以来，我就一直坚持"要让无缘照护的读者也有兴趣阅读报道"的理念。我的要求和理念源于以下的考虑：如果我们的读者仅限于意识到了少年照护者问题的人群，那么，不论在他们中掀起怎样的热议，少年照护者问题也不可能渗透到整个社会中去。究竟如何才能让对少年照护者一无所知的人，尤其是年轻人（用党派举例的话，即无党派人士）也意识到少年照护者的问题呢？我一直一筹莫展。可以说，我怪诞的要求出自自身的困惑。

很多记者不愿在文章中提到自己，但是，本书中用第三人称的方式描写了记者在采访中的行动与心理活动。由于本书的主题不属于恶性事件，不需要大量的"卧底报道"，所以，报道过程的描述不仅真实，而且直接，几乎没有隐瞒。与登载的报道相比，本书的内容足足增加了三倍。因此，本书并不是报道的简单汇集。之所以描写采访组报道的过程，是因为可以通过报道过程呈现大量的原始资料。我希望，能以此引起更多读者的兴趣。如果您觉得书中"业内话题太多，很无聊"，那绝不是记者们的过错，而是我这个组长的能力欠缺、笔力不足所致。在此，我深表歉意。

  因为类似的原因，专题报道的标题被定为《少年照护者 小小护理人》。在第一章中，我们对此有详细的说明。"护理"一词在广义的家人照护概念中，特指对老年人身体上的照顾与护理。"护理"一词的使用很可能会误导读者，这是我们从一开始就意识到的问题。其实，在专题报道开始后不久，就有读者对此提出了批评。

  "护理"一词的选择，可以说是我们使用的一种"战术"，即先用这个家喻户晓的词语吸引住读者的眼球，然后再在报道的推进中，慢慢地将家人照护的范围扩展开去。不论在报道中，还是在本书中，除少年照护者之外，我们也适当选择使用了护理、看护、照顾、照料、关怀等不同词语。我们的意图是否奏效，还要交给作为读者的您来判断。

  感谢为本书的出版倾力相助的各界人士。采访组隶属特别报道部时，初期的专题报道得到了特报部部长井上英介的大力支持与协助，在此表示由衷的感谢。也非常感谢接任部长的前田干夫的领导，以及为专题报道拍摄照片的摄影部的同事们、为专题报道提供大幅版面的编辑部的同事们。在各位的鼎力相助之下，专题报道才得以顺利启动与进行，本书才得以出版。

十分感谢每日新闻出版社的八木志朗对本书结构的包容。若无八木先生的努力，本书不可能问世。

最想感谢的，是所有接受我们采访、鼓起勇气将难以启齿的"家丑"公之于众的原/现少年照护者；是向摇摇晃晃地摸着石头过河的采访组伸出援助之手的援助团体/企业和学者；是给我们寄来宝贵意见的各位读者朋友。

愿我们的努力能为解决"少年照护者"这一崭新的社会问题尽一份微薄之力。

正在等待混乱的众议院公布选举结果的 松尾良
《每日新闻》政治部副部长（原特别报道部副部长）

2021 年 10 月

本书中的摄影作品来自

p.003、012、023 宫武祐希
p.063、067、070、169 平川義之
p.073、200、201、209 丸山博
p.108 向畑泰司
p.148 玉城达郎
p.119、163、165、213、247、254 山田奈绪
p.196、271 田中裕之
p.257 三上健太郎